IRENA
MATUSZKIEWICZ

Gry nie tylko miłosne

Polecamy:

Grażyna Bąkiewicz
O melba!
Katarzyna Grochola
Upoważnienie do szczęścia
Irena Matuszkiewicz
Agencja Złamanych Serc
Izabela Sowa
Smak świeżych malin
Cierpkość wiśni
Herbatniki z jagodami
Dominika Stec
Mężczyzna do towarzystwa
Monika Szwaja
Jestem nudziarą
Romans na receptę

IRENA
MATUSZKIEWICZ

Gry nie tylko miłosne

Literatura na obcasach

Wydawca:
G + J Gruner + Jahr Polska Sp. z o.o. & Co. Spółka Komandytowa
02-677 Warszawa, ul. Wynalazek 4
Dział dystrybucji:
tel. (22) 607 02 49 (50)
dystrybucja@gjpoland.com.pl

Informacje o serii „Literatura na obcasach":
tel. (22) 640 07 19 (20)
strona internetowa: www.literatura.bizz.pl

Redakcja: Jan Koźbiel
Korekta: Bronisława Dziedzic-Wesołowska
Projekt okładki: Anna Angerman
Redakcja techniczna: Małgorzata Kozub
Łamanie: Monika Lefler

ISBN: 83-89221-49-7

Druk: Łódzka Drukarnia Dziełowa SA

Ani i Kasi

Cisza! Akcja!

Zawsze, przed każdym ujęciem tak krzyczą.

Przy stole siedzi Winicjusz w szkarłatnej tunice, wyszywanej w srebrne palmy, tuż obok ona, Julia, w białym peplum. Rozprasza i śmieszy ją wieniec nad czołem mężczyzny, więc nie patrzy na róże, tylko na czarne brwi, na cerę smagłą i oczy przepyszne. Czuje, że jego silne palce ściskają jej rękę. Wargi mu drżą, gdy szepcze:

– Ja ciebie kocham, Kallino... boska moja!

Teraz jej kolej. Przez moment ma ochotę zmienić tekst scenariusza, ale nie, jeszcze nie pora na wyznania. Musi zagrać przestrach i zawstydzenie. To nic trudnego.

– Marku, puść mnie – prosi cicho.

Nie puszcza. Patrzy z uwielbieniem i pożądaniem.

– Boska moja! Kochaj mnie!

Czekają na ciche słowa Akte. Greczynka już otworzyła usta, by powiedzieć, że Cezar zwrócił na nich swoją boską uwagę. Zamiast tego nie wiadomo czemu spytała:

– Czy Chochla przyniósł założenia programowe?

Julia zamrugała szybko, jakby ocknęła się z najpiękniejszego snu. Diabli wzięli scenę uczty w pałacu Nerona. Zniknęło wielkie triklinium z tysiącem płonących lamp, rozstąpił się tłum gości. Zamiast smagłej twarzy Winicjusza zobaczyła nad sobą starannie umalowane oczy Edyty.

– Kto? Co? – spytała niezbyt przytomnie.

– Usnęłaś? Pytam, czy był tu Chochla i zostawił papiery dla szefa. Jeżeli za moment stary nie zobaczy założeń programowych, pęknie na sto kawałków. Wszystkim się dostanie, tobie też.

– Kicham na jego szczątki, niech inni biorą – bąknęła Julia.

Edyta machnęła ręką. Nie miała czasu na zbędne dyskusje, musiała natychmiast znaleźć kierownika komórki organizacyjno-prawnej i wydrzeć mu z gardła nieszczęsne założenia. Uparcie wystukiwała numer gabinetu na przemian z numerem domowym.

– I gdzie ten rozciapciany dżez łazi? – denerwowała się, patrząc z niechęcią na głuchą słuchawkę. – Mam go dostarczyć żywego!

– Nie po to się chował, żeby teraz dać się nakryć jak dziecko – powiedziała cicho Julia.

Zdążyła już oprzytomnieć i rozumowała całkiem logicznie. Krótko pracowała w Budampoleksie 2, jednak to i owo wiedziała. Gdyby Chochla miał te założenia, warowałby w sekretariacie od samego rana. Nie było założeń, nie było kierownika.

Edyta weszła do naczelnego z pustymi rękami i pionową zmarszczką na czole. Z gabinetu docierały odgłosy poniedziałkowej narady, popularnie zwanej operatywką. Na dobrą sprawę wcale nie trzeba było siedzieć w środku, by zgłębić tajniki przetargów, leasingu, podbijania cen, a nierzadko też posłuchać soczystych epitetów.

– Kallino moja! – szepnął namiętnie Marek.

– Urwę temu patałachowi rodowe klejnoty! – wrzeszczał dyrektor za zamkniętymi drzwiami.

Julia jęknęła. Gdzieś daleko poza nią trwał cudowny świat teatrów i planów filmowych. Długonogie modelki i niedoszłe dziennikarki biegały na castingi, chwytały najlepsze role, a ona co? Też długonoga, też zdolna i niepozbawiona ambicji artystycznych, zamiast zadziwiać świat urodą i talentem, tłumaczyła z angielskiego instrukcję obsługi kombajnu budowlanego. Instrukcja miała tyle wspólnego ze sztuką, co operatywki i obleśny kierownik Chochla, czyli nic a nic! Wracając po studiach do rodzinnego miasta, Julia zdradziła wzniosłość na rzecz pospolitości, osobiście podeptała szansę na sukces. To była najgłupsza decyzja w moim życiu, myślała z goryczą. Powinnam ostro postawić się staruszkom i żyć po swojemu. A tak, co mnie czeka? Nuda i tylko nuda. W tym zapyziałym grajdołku nic się nie dzieje i nie będzie działo.

Oszalały ryk telefonów sprowadził ją na ziemię. W jednym uchu słyszała wiceprezydenta, w drugim konkurencję i cieszyła się, że nie ma trzeciego, bo trzeci aparat też dzwonił. Widząc w takich chwilach w akcji Edytę, z podziwem myślała o jej opanowaniu i zimnej krwi. Tłumaczyła sobie, że po trzydziestu latach pracy w tej samej firmie, choćby nawet pod różnymi rządami, ona także byłaby alfą i omegą, ale w niczym nie umniejszało to szacunku, jaki żywiła dla profesjonalizmu sekretarki.

Wreszcie otworzyły się drzwi gabinetu. Rozgadani uczestnicy narady międlili jeszcze w ustach ostatnie cenne uwagi, przekrzykiwali się i obrzucali epitetami. Upłynęła długa chwila, zanim w sekretariacie można było normalnie rozmawiać. Na szczęście za wielkim biurkiem siedziała już Edyta.

– Nie mam pojęcia, jak pani sobie radzi z tym młynem! – westchnęła Julia.

Sekretarka skwitowała uwagę roztargnionym uśmiechem.

– Chochla nie dzwonił? – spytała.

– Nie, to raczej do niego telefonowali różni ludzie.

– Czyżby nasz gzik jelitowy raz w życiu zrobił coś perfekcyjnie? – zdziwił się magister Leszek Wydroń.

Edyta uniosła głowę znad papierów.

– Niby co?

– Schował się starannie, i to na czas bliżej nieokreślony. Zwykle odnajdywał się zaraz po naradach – wyjaśnił Leszek.

Stał w drzwiach łączących sekretariat z pokojem magistrów. Zza jego pleców wychylała się Karolina, czyli magister Cierniak, zainteresowana tylko jednym: czy kierownik miał powody, żeby się tak starannie chować.

– Założenia są gotowe, a innych powodów nie znam – odpowiedziała Edyta.

– Fiu, fiu! – mruknęła Karolina.

Cała czwórka, nie wyłączając najmłodszej Julii, świetnie wiedziała, że Chochla nie napisałby samodzielnie nawet pożegnalnego listu do dyrektora. Chłopina cierpiał na wielką awersję do papierów i jeszcze większą do myślenia o potrzebach firmy. Dokumenty opracowywała za niego Edyta. W języku Marcina Chochli nazywało się to „nadawaniem ostatecznego szlifu twórczym koncepcjom kierownika”. Kładł po prostu na biurku sekretarki zabazgrany świstek z prośbą, żeby dostawiła przecinki i ewentualnie poprawiła styl. „Tego, no... jakby coś nie grało, to zmień”, mówił szeptem, przekonany, że nikt oprócz sekretarki nie ma pojęcia, co jest na takim świstku. A nie było absolutnie nic. Robocze hasełko, temat i koniec. Dopiero Edyta ściągała materiały z działów i na ich podstawie tworzyła spójny dokument, który w miarę potrzeby konsultowała z magistrami, czyli z Leszkiem i Karoliną.

W sytuacji, gdy zapewniała, że założenia zostały opracowane, zniknięcie Chochli nabrało całkiem innego znaczenia.

– Czegoś tu nie rozumiem – zastanawiał się Leszek. – Przecież staremu nie chodziło o widok Marcinka, tylko o spis wierzycieli i sensowny plan odzyskania firmowych pieniędzy. Mogłaś dać kopię i byłoby po krzyku.

Drobniutkie zmarszczki wokół ust Edyty niebezpiecznie się zbiegły, co świadczyło o irytacji.

– Trafiłeś kulą w płot – powiedziała. – Nie ma kopii, jest wyłącznie oryginał. I nie pytaj, który raz w życiu Marcin zrobił coś samodzielnie, bo odpowiem ci, że nie pamiętam!

Jeżeli nawet Leszek i Karolina mieli jakieś wątpliwości, taktownie zachowali je dla siebie. Mina sekretarki nie skłaniała do wynurzeń.

– No cóż, może gzik leczy kaca – powiedział pojednawczo Leszek, wycofując się w głąb pokoju magistrów. Do sekretariatu dotarła jeszcze kpiąca odpowiedź Karoliny:

– Kaca? Chyba po śledziu. Przecież temu cherlakowi nawet francuskie wino szkodzi.

Julia nie brała udziału w rozmowie. Próbowała skupić się na nudnej instrukcji obsługi kombajnu. Tłumaczenie szło jej opornie, a prawdę mówiąc, wcale nie szło, tylko leżało nietknięte. Zamiast myśleć o parametrach technicznych, zastanawiała się, czy wejść do dyrektora teraz, czy odrobinę później. Szykowała się do poważnej rozmowy, której nie miała zamiaru przeprowadzać na łapu-capu. Od dwóch tygodni, każdego wieczoru, wyobrażała sobie, jak wchodzi do gabinetu pewnym krokiem, jak głosem grzecznym, lecz stanowczym wykłada własne racje i zbija argumenty Mikuli. Przerabiała tę scenę w różnych wariantach, reżyserowała szczegół po szczególe. Zakończenie za każdym razem było podobne: dyrektor wstawał zza biurka, ściskał jej dłoń, czasem nawet całował, i obiecywał etat w dziale informatyki. Co tam obiecywał! Dawał angaż do ręki. Niestety, dzień mijał, nadchodziło jutro, a ona wciąż nie mogła się zdecydować: wejść czy poczekać jeszcze moment. Problem rozwiązywał się zwykle sam, bo albo do gabinetu wpadał ktoś inny, albo Mikula z gabinetu wypadał i nie było okazji do rozmowy.

Właściwie, co ja tu robię? – dumała, wpatrzona smętnie w instrukcję. Niby miała co robić. Redagowała drobne pisemka, czasem coś tłumaczyła, parzyła kawę i myła szklanki. Ale nie takie były obietnice. W styczniu, w czasie rozmowy kwalifikacyjnej, Mikula zapewniał, że samo niebo zsyła mu inżyniera ze znajomością programowania, Internetu i na dodatek dwu języków obcych. Do czasu zwolnienia etatu w dziale informatyki zaproponował oszołomionej Julii stanowisko swojej asystentki. Otrzymała angaż tymczasowy, który owszem, przydzielał ją do komórki organizacyjno-prawnej, nie precyzował jednak, na czym asystowanie miało polegać. Obiecany etat zwolnił się na początku marca, nadszedł kwiecień, a Julia wciąż tkwiła w sekretariacie niczym piąte koło u wozu – i to w sensie dosłownym. Pierwszym kołem była sekretarka Edyta Pałubska, drugim radca prawny magister Karolina Cierniak, trzecim specjalista do spraw organizacji magister Leszek Wydroń, czwartym magister Marcin Chochla, kierownik całej komórki, a piątym ona, magister inżynier Julia Blenda. Dodatkowo, tylko na użytek sekretariatu, dyrektor zatrudnił pomoc gospodarczą w osobie Henryki Luty, której nie nazywano sprzątaczką z tej prostej przyczyny, że prywatnie była kuzynką i uchem szefa, w pracy zaś unikała sprzątania jak ognia; mycie szklanek zostawiała Julii. Po reorganizacji, po cięciach etatowych, gdy cała administracja gwałtownie się skurczyła, jedna tylko komórka organizacyjno-prawna wciąż rosła, aż stała się największym działem w firmie i zaczęła wymykać się z ram schematu organizacyjnego. „Schematy są po to, żeby ułatwiać życie, nie zaś utrudniać", mawiał dyrektor Mikula.

Julia zerknęła niepewnie na Edytę. Sekretarka odzyskała już spokój i pewność siebie.

– Chyba muszę porozmawiać z dyrektorem o etacie – westchnęła ciężko Julia. – Jak pani myśli, warto wejść teraz?

Nie warto!

– Jak to, nie warto?! Mam czekać, czaić się i udawać, że sprawa mnie nie dotyczy? – zapalała się, coraz bardziej przekonana, że naprawdę chce tej rozmowy. – Inżynier Kiciński jest zainteresowany moim przejściem.

– Wątpię – powiedziała spokojnie sekretarka. – Właśnie Mikula przyjął nowego kierownika działu, magistra inżyniera Konrada Orzechowicza, gdyby to cię interesowało. Znasz takiego informatyka? Musiałaś go zauważyć, bo pałętał się tutaj po wyjściu z narady. Przystojny kawał chłopa. Albo kawał przystojnego chłopa, jeżeli wolisz. Lekko utyka, lecz z całą pewnością jest w typie pań. I co? Ej, Julka, Julka! Po minie widzę, że przegapiłaś faceta.

– A Kiciński?

– Nie sprawdził się i czeka na kopa.

Szeroko otwarte oczy Julii wyrażały niebotyczne zdumienie. Jeszcze w styczniu Mikula zapewniał ją, że Kiciński to informatyczny geniusz.

– Pani Edyto, co jest grane? – spytała z niepokojem. – Dyrektor zmienia kierownika, jego sprawa, ale jest przecież wolny etat po tym łysym inżynierze, po tym, no... – zawiesiła głos, bo w gardle poczuła zdradliwe drapanie.

– Wolne są co najmniej trzy etaty. Zresztą, rozmawiaj z dyrektorem, jeśli chcesz, byle nie teraz.

– Dlaczego?

– Dlatego, że Mikula właśnie wyszedł. Albo śpisz z otwartymi oczami, albo miłość tak cię otumania. Ten twój Serafin to szczęściarz, jak widzę. Prywatnie mogę ci powiedzieć...

Niczego nie zdążyła powiedzieć, bo do pokoju wtargnęła pani Henia z rewelacjami na temat zniknięcia Chochli. Jej donośny głos ściągnął z sąsiedniego pokoju Leszka i Karolinę.

– Porwali kierownika, bo coś wiedział! – oświadczyła pomoc gospodarcza.

– Każdy coś wie, pani Heniu, ale za byle jaką wiedzę nie porywa się ludzi z ulicy – uspokajał kobiecinę Leszek.

– Szybciej wróci, niż zaginął! – mruknęła Karolina.

Nikt w dziale nie traktował poważnie zniknięcia Chochli. Zwłaszcza że kierownik lubił czasami dyplomatycznie się zapodziać, co nie miało najmniejszego wpływu na pracę działu. Gdyby tak zaginęła Edyta, to co innego!

Julia, wciąż nieporuszona – Chochla w ogóle jej nie obchodził – myślała o inżynierze Kicińskim i o sobie. Zbierało się jej na płacz.

Inżynier Konrad Orzechowicz nie szukał nowej firmy, to firma znalazła jego. Dyrektor Mikula osobiście zadzwonił do młodego informatyka i zaprosił na rozmowę. Na pozór sytuacja wyglądała klarownie, ale tylko na pozór. Skąd niby szef Budampolexu 2 mógł wiedzieć o szeregowym pracowniku jakiejś tam firmy ubezpieczeniowej? Orzechowicz nieskromnie pomyślał, że najwidoczniej w mieście mówi się już o nim i poczuł dumę. Przedwczesną, niestety, bo rzeczywistość była o wiele bardziej prozaiczna. W firmie ubezpieczeniowej, nomen omen Spokój, niepotrzebny był nowator. Łebski facet mógł nabrać apetytu na awans, a wszystkie kierownicze stanowiska były zajęte. Kiedy więc przy koniaku dyrektor Mikula napomknął, że rozlazł mu się dział komputerów, prezes Spokoju Grzegorz Bujała natychmiast zaczął wychwalać swojego informatyka. Fantastycznie zdolny, mówił, z wielką przyszłością, drugiego takiego nikt nie znajdzie w całym mieście.

Wiadomo nie od dziś, że referencje zdobyte przy kieliszku są stokroć pewniejsze niż oficjalne opinie na piśmie. Już następnego dnia Mikula zaprosił Konrada na rozmowę, kusił pieniędzmi i kierowniczym stanowiskiem, zręcznie żonglował komplementami.

– Brakuje mi fachowców, panie kolego, ludzi samodzielnych i z inicjatywą – tłumaczył. – Dobierze pan sobie ze dwóch sprytnych facetów, odbuduje dział i pociągnie ten wózek. Mam na myśli system sieciowy i tak dalej. Przedsiębiorstwo musi iść z duchem czasu, z postępem, a nie wlec się w technicznym ogonie. Da pan wiarę, że nie mamy nawet własnej strony internetowej?! Pańska głowa w tym, żeby to jak najszybciej zmienić.

– Ilu pracowników liczy dział? – spytał Konrad.

Dyrektor machnął ręką i przyznał, że ani jednego. Szeregowcy odeszli wcześniej, nieudolnego kierownika zwolni natychmiast, jak znajdzie człowieka na jego miejsce. Skłonił głowę w stronę rozmówcy, jakby dając do zrozumienia, że właśnie znalazł. Przez chwilę patrzyli na siebie w milczeniu. Mikula sądził, że młody inżynier rzuci się na propozycję jak pies na kość, i nie taił lekkiego zniecierpliwienia.

Orzechowicz należał do pokolenia, które nie grzeszyło nadmiarem skromności. Nigdy jednak nie czekał na pochwały ani oklaski. Jeżeli zachodziła konieczność, potrafił powiedzieć: jestem dobry, na tym się znam, to umiem lepiej od innych. Idąc do Budampolexu 2 na spotkanie z dyrektorem, liczył oczywiście na propozycję, więc wcale nie był zaskoczony. Czuł się na siłach pokierować zespołem i jeżeli dręczyły go jakieś wątpliwości, to całkiem innej natury. By je rozwiać, potrzebował kilku minut rozmowy z Bujałą.

Przez dwa tygodnie był zadowolony z decyzji i przekonany, że postąpił słusznie, wiążąc przyszłość z Budampolexem 2. Pierwszy dzień w nowej firmie trochę go jednak zirytował.

W gabinecie kierownika wciąż siedział inżynier Kiciński, a dział personalny nie miał jeszcze gotowego angażu dla następcy.

– Musiało zajść jakieś nieporozumienie – powiedział zaskoczony Konrad.

– Przyzwyczai się pan do takich nieporozumień – zauważył Kiciński.

– Nie rozumiem!

– Do tego też się pan przyzwyczai.

– Wątpię. W każdym razie muszę uściślić, czego dyrektor ode mnie oczekuje.

– Och, niczego wielkiego! Cudu jedynie. Jeżeli trzy przestarzałe i popsute komputery wystarczą panu do stworzenia nowoczesnego systemu, to będzie właśnie to, o czym mówię.

Kiciński patrzył na Orzechowicza z lekkim politowaniem. Przez dwa lata zdążył poznać apetyty Mikuli i kondycję firmy. Nie czuł się cudotwórcą, więc po cichu szukał innej pracy. Pojawienie się Konrada ani go zdziwiło, ani zaskoczyło.

– O ósmej narada u szefa. Wskazane, żeby pan był – powiedział, wkładając płaszcz.

– A pan? – spytał Konrad.

– Gdyby ktoś o mnie pytał, w co wątpię, wrócę za trzy godziny. Życzę owocnej rozmowy z dyrektorem i proszę nie wierzyć obietnicom. Liczy się słowo pisane, choć też nie zawsze.

Orzechowicz został w gabinecie sam. Nie była to samotność, o jakiej wcześniej myślał. Pod nieobecność kierownika nie chciał zaglądać do szaf ani szperać w dokumentach.

Po naradzie dyrektor Mikula wpadł we wściekłość i nic go nie interesowało z wyjątkiem jakiegoś opracowania, które zaginęło razem z autorem. Zatrzymał dwie osoby, resztę odesłał do pracy. Konrad wrócił do pokoju i zastanawiał się, od czego powinien zacząć urzędowanie, kiedy już wyjaśni całe nieporozumienie.

– Przeszkadzam?

Przez uchylone drzwi wsunęła się chmura kasztanowych loków. Nim odpowiedział, że nie można przeszkadzać komuś, kto nic nie robi, dziewczyna weszła do środka. Była wyjątkowo zgrabna, piękna i pewna siebie.

– Karolina Cierniak, prawnik. – Uścisk jej drobnej ręki był silny i zdecydowany. – Fiu, fiu! – powiedziała, przechylając wdzięcznie głowę.

– Co fiu? – speszył się Orzechowicz.

Patrzył na nią ze zmarszczonymi brwiami. Jej radosne „fiu" zabrzmiało jak niestosowny żart, a w żartach nigdy nie czuł się mocny. Lubił oczywiście kobiety, lecz te zbyt piękne i przebojowe zawsze go peszyły. Brakowało mu lekkości światowca i żeby nie wyjść na nierozgarniętego muła przywdziewał maskę szorstkiego faceta. Był to taki malutki sekret Konrada Orzechowicza: im bardziej robił się szorstki, przynajmniej na początku, tym bardziej czuł się oczarowany.

– Dlaczego powiedziała pani: fiu, fiu? – powtórzył pytanie.

– Ja? – zdziwiła się szczerze. – Och, widocznie wpadłam w zachwyt. U mnie to normalne. Przyzwyczai się pan.

– Wątpię – mruknął, bo całkiem niepotrzebnie przypomniał sobie Kicińskiego, który też kazał mu się przyzwyczajać.

– Niech pan nie wątpi, nie tacy już kapitulowali. – Uśmiechnęła się, prezentując prześliczne zęby i uroczy dołek w brodzie.

Kokietowała mruka i wcale nie przejmowała się potężną zmarszczką między czarnymi brwiami.

– Zawsze pan taki poważny? – spytała. – No dobrze, powiem prawdę: przyszłam pana przywitać i osłodzić pierwszy dzień w nowej pracy. Na naradzie wyglądał pan na zagubionego.

– Tak... nie... – zaczął się plątać, coraz bardziej zły, że na widok dołka w damskiej brodzie diabli wzięli jego męską logikę. – Wcale nie czuję się zagubiony, raczej muszę wyjaśnić pomyłkę.

Karolina nie byłaby dobrym prawnikiem, gdyby po pięciu minutach rozmowy nie dowiedziała się tego, co chciała wiedzieć.

– Sama pani rozumie, że zaszło drobne nieporozumienie – powtórzył Konrad z uporem.

– Nieporozumienie? I do tego drobne? Ładnie pan to ujął, szkoda tylko, że tak nietrafnie. W naszej firmie to normalka.

– W porządnej firmie to nie jest normalka.

Podeszła do okna i przez moment wyglądała na zatłoczony parking. Oho, pomyślał Konrad, pokazała zęby, teraz pokazuje nogi, błysnęła złośliwością i jest przekonana, że mnie załatwiła!

– Czym pan jeździ? – spytała nieoczekiwanie.

– Autobusami, rowerem, fordem.

– Nowym? – W jej oczach zabłysło żywe zainteresowanie.

– Kiedyś z całą pewnością był nowy, teraz nie da się o nim tego powiedzieć. Co jakiś czas buntuje się i odmawia posłuszeństwa.

– A Mikula, proszę pana, w ubiegłym roku rozbił trzy służbowe auta i wrzucił w koszty. On ma ciężką nogę. Mikulowa ma lżejszą, tylko nie respektuje przepisów i też rozbiła nowe audi. Firma musi zaspokoić ogromne apetyty bardzo zachłannych ludzi: auta, wycieczki, dom w mieście, dom na wsi. Sam pan rozumie, że w tej sytuacji przydatniejsze jest nieporządne niż porządne kierowanie.

Patrzył na nią zaskoczony i zastanawiał się: kpi, prowokuje czy gada tylko, żeby zwrócić na siebie uwagę. Nieufna natura kazała mu zachować dystans, tak do kobiety, jak i do jej słów.

– Ładnie mnie pani wita – bąknął, żeby przerwać milczenie.

– A kto powiedział, że pana witam?

– Pani... przed chwilą.

– Ja? W życiu czegoś równie śmiesznego nie powiedziałam!

Była sporo niższa od niego. Spoglądała spod długich, wywiniętych rzęs w taki sposób, że zapomniał o dystansie i ostrożności, zapragnął zrobić coś szalonego, pocałować ją, objąć albo zmierzwić ręką puszyste włosy. Opanował się jednak i z obojętną miną zaczął wypytywać o Kicińskiego i Mikulę.

– Hola, hola! To są tajemnice służbowe – powiedziała, zniżając głos. – Może i zdradzę panu któryś z wielkich sekretów, ale przecież nie tu i nie teraz. Mam nadzieję, że nie jest pan abstynentem, więc proszę spróbować zaprosić mnie na lampkę wina.

Zaprosił, co miał zrobić. Ona uderzała do głowy bardziej niż wino. Wmawiał sobie, że idzie na spotkanie wyłącznie dla zasięgnięcia języka, i sam w to nie wierzył. A jednak mnie załatwiła, pomyślał, ledwie za Karoliną zamknęły się drzwi.

Jak było do przewidzenia, Mikula nie pojawił się już w firmie i Julia nie mogła porozmawiać o zmianie etatu. Wróciła do domu w podłym nastroju.

– Jeszcze jedno nieudane popołudnie, jeszcze jeden nieudany wieczór – mamrotała, zbierając z fotela porozrzucane łaszki.

Żeby za dużo nie myśleć, wzięła się do porządków w pokoju, ale bardzo szybko straciła serce do pracy. Odruchowo włączyła radio. Krystalicznie czysty głos piosenkarki wdarł się w jej myśli: „A on był dla niej jak młody bóg, żebyż on jeszcze kochać mógł". Zobaczyła płonące oczy Winicjusza i ze złością przekręciła gałkę. Nie miała ochoty na filmową miłość ani nastrojowe melodie. Na nic nie miała ochoty, lecz jak na złość przyplątał się ten nieszczęsny refren i zmuszał do cichego nucenia. Nawet powrót rodziców, choć przerwał ciszę, nie uwolnił jej od słów piosenki. Donośny głos matki docierał do pokoju mimo zamkniętych drzwi.

– I kto miał rację? Jutro od rana musisz... ty nigdy nic porządnie... dopóki nie wykupisz gruntów, jesteś nikim. I nie mów mi, że wiesz, bo ja wiem lepiej!

Ojciec milczał.

Wieczorem jak zwykle wpadł Serafin. Na jego widok nie potrafiła wykrzesać z siebie cienia radości. Chłopak zdawał się nie zauważać jej smętnej miny. Rozsiadł się w fotelu i leniwie żuł gumę. Patrzyła na niebrzydką twarz, na szerokie bary i bardzo chciała, żeby już sobie poszedł. Sama nigdy się nie nudziła, z nim, niestety, prawie zawsze. „A on był dla niej...". Tekst nie przystawał do konkretnej sytuacji, więc uparcie zmieniała słowa na inne: „A on był piękny jak młody bóg". Brzmiało lepiej, męczyło tak samo.

– Julka, ty lubisz karpie?

– Dlaczego pytasz?

– Bo ja lubię. U nas na wigilię zawsze są karpie – rozmarzył się Serafin.

Wzruszyła ramionami. Nie pociągała jej dyskusja o menu wigilijnym na dwa tygodnie przed Wielkanocą. „A on był piękny... żebyż on jeszcze myśleć mógł".

– Wyjdziemy gdzieś? – spytała.

– Chce ci się wychodzić? No, moglibyśmy, tylko gdzie?

– Nie wiem! Jest wiosna, jest ładny wieczór... zresztą, jak uważasz!

– No, fajnie!

Powiedział: fajnie, nawet ruszył pupę, ale tylko po to, by wziąć ze stolika program telewizyjny. Najszczęśliwszy czuł się przed telewizorem. Śledzenie ruchomych obrazków zwalniało go z rozmowy, mógł też puszczać mimo uszu niewygodne pytania Julii, na przykład o wyniki egzaminów. Studiował zaocznie w szkole biznesu; miał pewne trudności, lecz jako człowiek ambitny nie chciał się z nimi obnosić. Julia załatwiła mu nawet konsultacje u swojego kolegi magistra Wydronia. Konsultował, owszem, to i owo, choć studia przestały go pociągać. Myślał poważnie o swojej przyszłości i kiedy Julia spytała o pracę, wybuchnął szczerym oburzeniem.

– Ty, Julka, to myślisz, że jak człowiek nie wyrywa sobie rąk i nóg, nie wstaje o szóstej, to nie pracuje i jest źle. A ja ci powiem – uśmiechnął się z wyższością – że jest całkiem na odwrót. Najlepiej żyją ci, co niczego sobie nie wyrywają. Zdziwisz się, ale znalazłem bardzo dobrą robotę. Już nawet zacząłem, jak chcesz wiedzieć. Chwilowo nie mogę za dużo gadać, żeby nie zapeszyć. W interesach trzyma się język za zębami, zapytaj starego, powie ci to samo.

– Ty pracujesz?

– No!

Spojrzał na zegarek i poderwał się niczym rasowy biznesmen, który ma na głowie mnóstwo ważnych spraw.

– A on był piękny jak młody bóg – nuciła, zamykając drzwi.

– O! Tylko się przypadkiem nie zakochaj! – Matka wystawiła głowę ze swojego pokoju. – Sto razy ci mówiłam, że to nie jest materiał na męża. Tobie potrzebny człowiek piękny ciałem i duchem, zaradny, dobry, wykształcony, niebiedny i z głową do interesów.

Julia od dawna wiedziała, że nikt nigdy nie sprosta matczynym wymaganiom, które plasowały się mniej więcej na poziomie następcy tronu. Pogodziła się nawet z widmem staropanieństwa, jednak wieczorem w przedpokoju wolała tego tematu nie rozwijać. Kiwnęła tylko głową, co mogło znaczyć, że spróbuje poszukać odpowiedniego kandydata, ale niekoniecznie w tym momencie. Matka miała jeszcze inne wątpliwości.

– Dlaczego ty nie sprawdzasz, kto dzwoni?

– Sprawdzam, mamo!

– Akurat! Cap za drzwi i otwierasz. Przecież widziałam, i to nie pierwszy raz.

Próbowała wytłumaczyć, że trzy krótkie dzwonki z całą pewnością zapowiadają wizytę Serafina, że nie ma powodów do obaw, jednak matka nie byłaby sobą, gdyby nie wygłosiła przestrogi o parszywych czasach, złodziejstwie i napadach. Julia znała ten tekst na pamięć.

– Sprawdzam, mamo – powtórzyła.

Jedną nogą była już w swoim pokoju, lecz dobre wychowanie kazało jej wysłuchać przemowy do końca.

– Powinnaś dać kopa temu Serafinowi. Imię to on ma anielskie, ale za skórą diabła hoduje. Już ja się znam na ludziach – ciągnęła matka tonem perswazji. – On nie przychodzi tu dla ciebie, tylko dla naszych pieniędzy. To głupek i nudziarz. O czym ty z nim rozmawiasz?

– O wigilijnym karpiu – mruknęła cicho Julia.

Matka na szczęście nie dosłyszała, ale też wcale nie czekała na odpowiedź. Zaczerpnęła powietrza, żeby rozwinąć dłuższy monolog, jednak los sprzyjał Julii. W salonie rozdzwonił się telefon komórkowy i pani Emilia podskoczyła z chyżością jelonka, żeby zdążyć przed mężem. Dziewczyna z ulgą zamknęła drzwi swojego pokoju.

Przed sobą mogła się przyznać: Serafin nie był chłopakiem z jej marzeń. On w ogóle do żadnych marzeń się nie nadawał. Znała go od podstawówki, od czasów, gdy w imię przyjaźni matek skazana została na jego towarzystwo.

„Jula, bądź miła dla gościa! Juleczko, pokaż koledze znaczki! Juluś, opowiedz chłopcu, co widziałaś w zoo!".

Cierpiała katusze. Nie była miła, znaczki chowała na dno szuflady i nigdy niczego nie opowiadała. Oboje tkwili przy stole jak dwa wyrzuty sumienia i przeszkadzali matkom w ploteczkach. Każde spotkanie kończyło się solidną burą. Obrywała za niegościnność i za to, że nie potrafi bawić się z dziećmi. Nienawidziła Serafina z całej duszy aż do piątej, może szóstej klasy. Wtedy to jej rodzice zajęli się prywatnym biznesem, zaczęli robić pieniądze i pozamieniali starych przyjaciół na nowych. Po wielu latach niewidzenia spotkała chłopaka ze trzy miesiące temu. Zmężniał, wyprzystojniał i nie wywoływał już takiego buntu jak kiedyś. Pogadali, zaprosiła go w przekonaniu, że rodzice się ucieszą.

– Oszalałaś, Julka! Takie zero, takie nic! Ani wykształcenia, ani manier, no i ten rozplotkowany dom! – denerwowała się matka.

– Kiedyś bywałaś w ich domu z czystej przyjaźni! – powiedziała, zaskoczona.

– To była zwykła znajomość. I zapamiętaj sobie jedno: przyjaciele tym różnią się od rodziny, że wyrastasz z nich jak ze sfilcowanego sweterka.

Od tamtej wizyty minęło sporo czasu, a matka wciąż wracała do Serafina. Jak już uczepiła się jednego tematu, to wałkowała go rzetelnie i z sercem, po kilka razy dziennie, aż postawiła na swoim. Z ojcem szło jej lepiej, bo dla świętego spokoju kapitulował od razu. Julia wprost przeciwnie. Zacinała się w uporze i jeżeli nawet nie sprzeciwiała się jawnie, to po cichu i tak robiła swoje. Zaczęła się spotykać z Serafinem na przekór matce, a trochę też z powodu towarzyskiej posuchy. Kiedy wróciła po studiach do rodzinnego miasta, nie zastała już dawnych znajomych – gdzieś się rozpełzli; nowych jeszcze nie było, więc uznała, że na bezrybiu i Serafin dobry.

Przed snem jak zwykle wyciągnęła rękę po jakąś książkę i jak zwykle trafiła na „Quo vadis". Od dłuższego czasu jej uwagę zaprzątała najnowsza ekranizacja powieści. W prasie pojawiły się pierwsze migawki z planu, piękny Winicjusz spoglądał z okładek kolorowych pism. Julia próbowała rozsmakować się w lekturze. Pewne partie tekstu znała na pamięć i to nie tylko ze względu na ich urodę. Otwierała książkę na byle jakiej stronie i zaczynała marzyć. No, powiedzmy, na castingu jest najlepsza, dostaje rolę Ligii i co dalej? Jakaś umowa, wiadomo, jakieś ustalenia, też wiadomo, ale przecież musi się spotkać z partnerem. Idzie na spotkanie z przeczuciem czegoś pięknego w duszy. Jeden rzut oka i wie, że zrobiła na nim kolosalne wrażenie. Spojrzał i powiedział... Albo nie, spojrzał, uśmiechnął się i dopiero po chwili zastanowienia powiedział: – Dla pani gotów jestem osobiście podpalić Rzym!

Bzdura! Taki aktor nie może pleść jak nawiedzony pirotechnik. Pierwsze spotkanie powinno wyglądać całkiem inaczej. Najlepszy byłby romantyczny spacer ulicami Warszawy. Ciepły wieczór, oni sobie idą, blisko, ale bez poufałości, wszystkie dziewczyny oglądają się i zazdroszczą, tramwaje dzwonią. Na Starym Mieście tramwaje? Chyba raczej telefon?! Zrzuciła kołdrę i jednym susem wypadła do przedpokoju. Rodzice oglądali film, widziała niebieskawe cienie na szybie pokoju. Chwyciła słuchawkę. Dwa lub trzy krótkie dzwonki odezwały się ponownie. A więc nie telefon. Czyżby Serafinowi odbiło i przyszedł z buziakiem na dobranoc? Niezbyt jeszcze przytomna, odsunęła zasuwę. Ostre pchnięcie rzuciło ją na ścianę, zabolały ręce wykręcone do tyłu, na ustach poczuła ciężką łapę, która zatamowała oddech.

– Spoko, mała! Mamy interes do staruszków. Są w domu?

Facet, który trzymał ją w uścisku, przemawiał niemal czule. Słyszała kroki, trzask drzwi, krótki pisk mamy, jakiś nieartykułowany skrzek ojca i beznamiętny głos spikera: „Kocham twój tyłeczek". Próbowała się wyrwać, uwolnić ręce, zdzielić osiłka w łeb, chociaż wrzasnąć. To był napad, nic innego, tylko napad!

– Jak mówię spoko, to spoko! – zdenerwował się facet. – Przyłożę ci niechcący i będę musiał leźć do spowiedzi.

– Dług święta rzecz – mówił głos w pokoju. „Chcę się z tobą kochać!" – wtórował mu spiker. I znowu głos: – Jutro o jedenastej i niech wam się nie zdaje, że jesteście mądrzejsi od wafla. Sześćdziesiąt, ani centa mniej.

Wyszli gęsiego w momencie, gdy spiker zapewniał, że spala go pożądanie. Trzasnęły drzwi, zadudniły kroki na schodach. Julia wpadła do pokoju rodziców. Wyłączyła telewizor i rozejrzała się wokół. Nieco większy niż zwykle bałagan wskazywał na dramatyczny przebieg rozmowy. Obrus leżał w kącie, na nim walał się drewniany posąg murzyńskiego chłopca, pozbawiony nogi. Tę nogę matka trzymała w ręku. Siedziała jak zahipnotyzowana. Ojciec miał potargane włosy i jeden policzek bardzo czerwony.

– Ty im otworzyłaś? – Matka zapomniała o strachu, rzuciła się najpierw na Julię, a potem do przedpokoju, żeby sprawdzić zamki. – A jeszcze dzisiaj uprzedzałam, prosiłam!!!

– Co się stało? O co chodzi? – pytała przerażona Julia.

– O to chodzi, że studia nie robią z durnia mądrego! – krzyczała matka. – Tyle razy mówię, proszę, upominam, patrz gamoniu, komu otwierasz! I doigrałaś się, wystawiłaś rodziców na rzeź!

Bezmyślne słowa i oskarżenia padały z szybkością kaskady. Zrzucali na Julię całą winę za nieudany wieczór, za przerwany film i połamaną rzeźbę. Musieli jakoś odreagować swój stres. Wreszcie i ona dorwała się do głosu.

– Była mowa o pieniądzach. Nie oddaliście komuś długu?

– Cicho! – Ojciec łypnął na boki. – Nie znasz się na interesach, więc nie osądzaj pochopnie!

– Dlaczego nie dzwonicie na policję?

– I co powiemy? Panie władzo, mamy córkę idiotkę, która osobiście wpuściła do domu przestępczy element? – szydziła matka.

– Przecież to był napad?!

– E, zaraz napad! Pomyłka i tyle. Teraz każdy, kto raniej wstaje, dopomina się o forsę. A my zapłaciliśmy co do grosza. Jutro wszystko wyjaśnimy.

Matka powoli się uspokajała. Julia, patrząc na nią, zaczynała wierzyć, że nic się nie stało. Jacyś ludzie weszli do mieszkania trochę przebojowo, uszkodzili rzeźbę i policzek taty, pogadali, wyszli. Drobniutki incydent, o którym nie zająknęłaby się żadna gazeta, nie mówiąc o telewizji.

– Idź, Julka, spać! – powiedziała matka nieco łagodniejszym tonem.

Dalsze dociekania nie miały sensu. Rodzice wciąż uważali ją za małą dziewczynkę, nie wtajemniczali w swoje interesy i nie żądali niczego, z wyjątkiem posłuszeństwa. To dla niej harowali od rana do nocy. Usypiała już, kiedy dotarły do niej odgłosy sprzeczki.

– Jutro musisz... że też ty nigdy... – dowodziła matka.

– Zamknij się wreszcie! – wybuchnął ojciec. – Mało i mało, wciąż mało!

– Ale to ja mam rację i już! Podyktujesz swoje prawa, jak wykupisz grunty!

– A on był piękny jak młody bóg... – westchnęła sennie Julia, przy czym z całą pewnością nie myślała już o Serafinie.

Wiosenne popołudnie nastroiło Konrada do tego stopnia lirycznie, że postanowił wybrać się na cmentarz. Sam niestety, bo ostatnio jego życie uczuciowe było wyjątkowo ubogie. Nawet nie miał komu powiedzieć, że świeci słońce. Niby słońce widać gołym okiem, lecz jak się powie o tym głośno, to tak jakby świeciło dwa razy mocniej. Kupił bukiet żonkili i bez zbędnego pośpiechu wędrował alejkami. Najpierw główną, potem przy pompie skręcił w prawo, a kawałek dalej w lewo. Przeczytał tabliczkę, jakby chciał się upewnić, że trafił dobrze: „Ewelina Zagrodzka, żyła lat 77". Położył kwiaty, zapalił znicz i nie bardzo wiedział, co dalej. Wciąż miał ten sam dylemat: przelecieć kłusem obok grobu – głupio, stać też niezręcznie, więc co? Zaczął myśleć o swoich sprawach, o zmianie pracy, o awansie i intrygującej rozmowie z byłym szefem. Teraz ciotka Ewelina nie pytałaby po swojemu: „Oj, Raduś, Raduś, kiedy ty się ustatkujesz?".

Uśmiechnął się lekko, samymi kącikami warg. Przed oczami zamajaczyły mu pojedyncze obrazki: bójka z chłopakami, rozbity nos, drobna moneta ukryta w bucie i przerażona twarz ciotki Eweliny, kiedy po tygodniu poszukiwań odnalazła go wreszcie w komisariacie. Ona miała anielską cierpliwość, pomyślał, że nie wyrzuciła mnie na zbity pysk.

Po południu wpadł na chwilę do Orskich.

– Z domu nici – szepnęła w drzwiach Grażyna. – Umoczyliśmy na trzydzieści, Lucek ma kaca moralnego, rozbaw go jakoś.

Gdyby powiedziała: wnieś lodówkę na czwarte piętro, albo: daj komuś w zęby, wszystko byłoby w porządku. Ale kazać Konradowi rozbawiać Lucka, to już nie było w porządku. Z całą pewnością nie należał do facetów rozrywkowych. Na wszelki wypadek kiwnął głową, że rozumie, i z miejsca się wkurzył. Nie znał uczciwszego i bardziej pechowego człowieka niż Lucjan Orski, wyznawca teorii godnej aniołów: jeżeli ja nie oszukuję nikogo, to nikt nie powinien oszukiwać mnie. Tak myślał, tak postępował – i wciąż wpadał w tarapaty. Na widok Konrada ożywił się i nawet próbował żartować, choć nie bardzo miał z czego. Znalazł wreszcie wymarzony dom w Michelinie, wpłacił pośrednikowi zaliczkę i to właściwie wszystko, poza niewielkim drobiazgiem: dom nie był na sprzedaż.

– Facet wyglądał tak nobliwie, że tylko mu aureoli brakowało. – Orski uśmiechnął się gorzko. – Nie mogę uwierzyć, że stać go było na taki ordynarny przekręt, bez cienia finezji.

– Z finezją byłoby ci lżej?

– Zawszeć to jakaś pociecha, że dałeś się wyrolować artyście, a nie zwykłemu chamowi. Nie uważasz, że to mniej boli?

– Nie uważam. Ja bym litość sobie odpuścił i oddał drania pod sąd.

– Nie chodzi o litość, tylko o koszty. Zanim wygram, on zdąży zbankrutować albo spłonąć. Włożę w sprawę więcej, niż straciłem, i poza satysfakcją nic nie zyskam.

– Z tego, co wiemy, nie nas pierwszych wystawił do wiatru – wtrąciła Grażyna.

– Daj mi jego namiary, pogadam z chłopiną. Niewykluczone, że się pomylił – powiedział głucho Konrad.

Wydawał się spokojny, wyluzowany, tylko pięści z pobielałymi kostkami świadczyły, że mu w duszy niebezpiecznie gra. Orski pokiwał głową.

– Czy ty, stary, poza „Janosikiem" niczego więcej nie oglądałeś? To już nie te czasy, żeby własnymi rękami sprawiedliwość wymierzać.

– Daj mi jego namiary! – powtórzył Konrad.

– Więzienie to nie szpital. Nie wpuszczą Grażynki, żeby ci bajki czytała – powiedział ostro Lucjan.

– Mało miałeś w życiu kłopotów? – przyłączyła się Grażyna. – Są sprawy, których za nikogo nie załatwisz.

Byli starsi od niego o całe dwadzieścia lat, nikomu w życiu tyle nie zawdzięczał co im, ale czasem przypominali dwójkę naiwnych dzieciaków, przy których on czuł się mamutem. Nie upierał się więcej. Wiedział, że wcześniej czy później pozna nazwisko chachmęta i bez względu na koszty odpłaci mu z nawiązką. Pozwolił nawet, żeby zmienili temat i razem z nimi zachwycał się wiosną.

– A co słychać u pięknej Beaty? – spytała Grażyna, spoglądając znacząco.

Konrad wreszcie się uśmiechnął. Nie miał pojęcia, co działo się z Beatą, ale wiedział dokładnie, o co chodziło Grażynie. W gruncie rzeczy wszystkim kobietom chodzi o to samo: najpierw, żeby wyjść za mąż, potem, żeby swatać znajomych. Tak przynajmniej uważał Konrad Orzechowicz.

– Śmiej się, śmiej! – Grażyna udała nadąsaną. – Jesteś już starym kawalerem. Jeszcze trochę i żadna dziewczyna na ciebie nie spojrzy.

– A to czemu? – zdziwił się Lucjan. – Przecież nic mu nie brakuje. Wykształcony chłopak, przystojny.

– I dziwak! No powiedz, powiedz sam: nie masz starokawalerskich nawyków? To ma stać tu, tamtego nie wolno ruszyć, koszule trzeba składać tak, nie inaczej? Przyznaj uczciwie!

Wreszcie zapomnieli o kłopotach i zaczęli żartować. Konrad wychodził od nich przekonany, że to jedyny dom, gdzie naprawdę jest mu dobrze. Już na ulicy przypomniał sobie, że nie powiedział Orskim o zmianie pracy. To nic, powiem, jak już będę miał angaż w garści, pomyślał.

Tuż po siódmej w sekretariacie pojawiła się zapłakana Chochlowa.

– Pani Edytko, ja mam straszne przeczucie – łkała. – Niech pani powie prawdę, może jednak dyrektor wysłał Marcina z jakąś misją? Ja umiem zachować tajemnicę... ja nic nikomu... tylko chcę się uspokoić.

Edyta stanowczo zaprzeczyła i podsunęła kobiecie szklankę wody mineralnej. Nie mogło być mowy o zwykłej delegacji, a co dopiero o misji! Próbowała delikatnie wypytać o znajomych i przyjaciół, u których Marcin mógłby się zatrzymać na dłużej.

– On nie miał przyjaciół – chlipnęła żona. – Jakby szedł z wizytą, to nie zabierałby pięciu par majtek, sześciu par skarpetek i czterech kartonowych teczek, które stale trzymał pod kluczem! Nawet opla zostawił, a teczki zabrał. W nocy miałam pięć głuchych telefonów... i jeden normalny. Facet mówił...

Edyta zdecydowanym ruchem ujęła kobietę pod rękę i wprowadziła do pustego gabinetu dyrektora. Starannie zamknęła drzwi, odcinając Julię i Leszka od dalszych informacji.

– Jak myślisz, co było w tych teczkach? – spytała Julia.

– Cenzurki szkolne, zaświadczenia ze szczepień obowiązkowych i inne barachło – odparł Leszek z uśmiechem. – Co taki pluskolec mógł zgromadzić?!

– A może on był szpiegiem?

– Tego... no właśnie... zapomniałem pomyśleć. Mógł być!

Leszek wpakował ręce po łokcie w kieszenie i kaczym krokiem zaczął chodzić po sekretariacie. Tak udanie naśladował Chochlę, że rozbawił Julię do łez. Oboje nie wydawali się przygnębieni zniknięciem kierownika. Wystarczyło, że żona płakała, oni już nie musieli. Wietrzyli paskudną mistyfikację, jakiś wypad na ryby, koleżeńską balangę i życzyli kierownikowi, by hulał jak najdłużej.

– A jeżeli za zniknięciem kryje się kobieta i romantyczna randka we dwoje? – nie dawała za wygraną Julia.

– Ten... a co się robi z kobietą? – spytał Leszek.

I znowu przez dłuższą chwilę musieli uciszać swoją radość, żeby nie wzbudzić podejrzeń Edyty, obdarzonej słuchem absolutnym. Julia otarła chusteczką wilgotne oczy.

– Żonę ma całkiem fajną, nie uważasz? Ciekawe, czy ona płacze z obowiązku, czy rzeczywiście kocha tego... jak ty go, Leszku, nazywasz?

– Gzik jelitowy, pluskolec, karaluch, spuszczel, pienik ślinianka... do usług! – Leszek skłonił się szarmancko. – Świat braci najmniejszych jest równie ciekawy jak świat ludzi. Wymieniać dalej?

– Dzięki, wystarczy!

Doskonale wiedziała, że owady były wielką namiętnością Leszka, konikiem i językową protezą. Z wielkim znawstwem przypinał znajomym owadzie nazwy i cieszył się jak dziecko. Julia, z racji piegów, była biedronką siedmiokropką, Karolinę nazywał złotookiem lub cykadą, panią Henię gruboudką, a Mikulę jelonkiem rogaczem. Tym razem Julia wolała tematy bardziej ludzkie. Niestety, wejście pomocy gospodarczej położyło kres wszelkim pogawędkom. Leszek wrócił do swojego pokoju, Julia rozłożyła instrukcję i bardzo pięknie zaczęła udawać zapał do pracy. Dobrze wiedziała, że pani Henia żadnych wiadomości nie zachowuje dla siebie, że wszystko, co wpadnie jej w ucho i w oko, przekazuje szefostwu. Czy również opinie pozytywne? Tego nie mogła wiedzieć, ale łudziła się, że tak.

– To Chochlowa tak pojękuje? – spytała pomoc gospodarcza, przykładając ucho do futryny.

Spoza drzwi docierały jedynie ciche westchnienia i niewyraźny szmer dwu głosów. Pani Henia zniechęcona machnęła ręką i rozsiadła się w fotelu.

– Dziwna babka, nie uważasz, Julciu? Zamiast się cieszyć, że stary poszedł truć tyłek innej, ona go opłakuje. Ja tam bym po swoim jednej łzy nie wylała. Powiedziałabym tak: chcesz odmiany, to zmiataj, gdzie cię serce woła, bo na oko widać, że do mnie nie dorosłeś! Ja jestem fajna kobitka, zaradna, umiem ugotować, uszyć, zarabiam pieniądze i dam sobie radę.

– Pani umie szyć? – zainteresowała się Julia.

– Nie umiem, ale tak się mówi. Bo, widzisz, najgorzej, jak kobieta zaczyna szukać winy w sobie, zamiast przepędzić chłopa precz. Powinna sobie powtarzać: ja jestem świetna, a jak on tego nie widzi, diabeł z nim tańcował. Tak radzą podręczniki psychologii. Ciebie pewnie psychologia nie interesuje?

– Owszem, nawet bardzo.

Pani Henia rozejrzała się po sekretariacie i na palcach podeszła do biurka Julii.

– To może zapiszesz się do naszego kółka, co? – zaszeptała. – Ćwiczymy jogę i wolę, rozprawiamy o psychologii, bo wiesz, kobiety muszą się rozwijać i gromadzić pozytywną energię, żeby im mężczyźni na głowy nie weszli.

Julia nie wiedziała, czy bardziej zaskoczyła ją propozycja, czy wszechstronność zainteresowań pani Heni, dość, że nie potrafiła odmówić. Zgodziła się uczestniczyć w najbliższym zebraniu pań i obiecała dochować tajemnicy przed magister Cierniak. Pani Henia wyjątkowo nie lubiła Karoliny, przypisywała jej wszystkie wady płci żeńskiej, a nawet kilka męskiej, z zaborczością włącznie. Była to niechęć odwzajemniana przez Karolinę z nawiązką.

– Mam mnóstwo pracy – westchnęła Julia.

Pochyliła głowę nad nieszczęsną instrukcją i wzięła do ręki długopis. Te przygotowania nie robiły specjalnego wrażenia na pani Heni. Wyszła tylko dlatego, że poczuła głód. Ciekawe, jak bym wyglądała w tunice i peplum? – pomyślała Julia, bo nic mądrzejszego nie wpadło jej do głowy. Zaraz też wyobraziła sobie połączenie złota ze śnieżną bielą i z purpurowym haftem trzewików. Westchnęła i spojrzała na swoje ciężkie buciska z obcasem modnie cofniętym. Jej styl, podpatrzony jeszcze w czasie studiów u sławnej aktorki, od biedy można by nazwać markowym łachmaniarstwem. Nosiła ubrania w ekologicznych kolorach Ziemi, co w praktyce przekładało się na wszystkie odcienie mniej lub bardziej spranej ścierki. Szczupła, jasna, ginęła w szarościach marszczonych spódnic i obszernych swetrów. Chwilę trwało, zanim przemieniła się w Ligię. Ledwie wyobraziła sobie miękkie fałdy białego peplum, natychmiast zjawił się Marek w swoim filmowym wcieleniu. Pochyliła głowę, przymknęła oczy, żeby lepiej widzieć twarz, od której nie umiała się uwolnić we śnie ani na jawie.

– Zastałem dyrektora? – spytał męski głos.

Gwałtownie podniosła głowę.

– Szefa nie ma – odpowiedziała. Wystraszyła się, że facet zechce czekać i, co gorsza, zabawiać ją rozmową, więc natychmiast dodała oschłym tonem: – Nie ma i dzisiaj nie będzie.

Zaraz potem pomyślała, że takie gęste, zrośnięte nad nosem brwi i takie ciemne, głęboko osadzone oczy bardzo by pasowały do książkowego Winicjusza.

Dopiero koło południa dowiedziała się od Karoliny, kim był wielki, to znaczy wysoki, nieznajomy. Przyjaciółka wróciła z miasta i swoim zwyczajem przysiadła na biurku Julii.

– Widziałaś już tego nowego informatyka? – spytała z przejęciem.

– Nie.

– Dużo straciłaś! Jest dokładnie taki, jaki powinien być chłop: szerokie bary, wąskie biodra, ani grama tłuszczu. Wolałabym obejrzeć go bez ubrania, ale w ciuchach też robi wrażenie. Aha, i lekko utyka, co wcale nie odbiera mu męskości.

– No to wpadłam! – jęknęła Julia. – Jak jeszcze powiesz, że oczy ciemne i brwi zrośnięte, to idę się powiesić.

– Więc jednak go widziałaś! I co, tak cię poraził, że chcesz zadyndać?

– Szlag mnie zaraz porazi. Spławiłam faceta jak pierwszego lepszego, wypchnęłam niemal za drzwi! Czujesz ten ból, który drga w moim głosie? Przecież on prędzej mnie teraz pożre, niż przyjmie do swojego działu. Chcę się zapaść w glebę!

– Nawet jeśli się powiesisz na najwyższej sośnie, i tak w końcu do gleby trafisz – roześmiała się Karolina. – Ale wiesz co, zrób mi dobrej herbaty, to w nagrodę wstawię się za tobą u Orzechowicza. Mnie nie pożre... chyba że sama tego zechcę.

Julia z niedowierzaniem pokręciła głową. Nawet nie próbowała dociekać, kiedy i jak Karolina zdążyła poznać Orzechowicza. Przyjaciółka wszystko robiła w biegu i pozornie bez zastanowienia. Ale tylko pozornie, bo w gruncie rzeczy każdy krok miała starannie przemyślany. Nie ukrywała, przynajmniej przed Julią, że zamierza zdobyć wielkie pieniądze, które pozwolą jej wygodnie żyć i zająć się wreszcie błyskotliwą karierą zawodową. To był cel, do którego prowadziły dwie drogi, czyli dwa warianty. Wariant cudowny zakładał, że Karolina wzbogaci się dzięki własnej pracy, natomiast wariant realistyczny, że poślubi worek z pieniędzmi, do którego uwiązany będzie jakiś tam pokurcz. Orzechowicz nie pasował ani do wersji cudownej, bo ta obywała się bez mężczyzn, ani tym bardziej do realistycznej. Czyż właściciel potężnego konta w banku podjąłby pracę w Budampoleksie 2 na stanowisku kierownika nieistniejącego działu? Pucując szklanki, Julia odetchnęła z ulgą. Dzięki zapobiegliwym rodzicom nie musiała martwić się o majątek. Z dóbr materialnych nie miała tylko własnego mieszkania; dlatego też nie czuła się samodzielna. Czasami, szczególnie po ostrej sprzeczce z matką, zazdrościła Karolinie pełnej swobody. Potem przychodziło opamiętanie. Zaczynała myśleć o drogich ciuchach, błękitnym matizie, zagranicznych wycieczkach, czyli o tym wszystkim, co dostawała w darze bez najmniejszego wysiłku ze swojej strony. To były przyjemności warte wysokiej ceny.

Z rozpędu zrobiła trzy herbaty, więc jedną zaniosła Leszkowi, czym zasłużyła na ciepłe miano pszczółki miodnej.

– To ze względu na pracowitość? – upewniła się Karolina.

– Nie. Popatrz tylko na jej kolorystykę – zapalił się Leszek. – Oczy barwy lipowego miodu, delikatne piegi, włosy z refleksami starego złota... ona jest cieplutka jak miodowy plaster.

– Fiu, fiu! – Karolina parsknęła śmiechem. – Już mam dzwonić do twojej ślubnej z donosem, czy poczekać, aż powiesz więcej?

– Słucham?

Leszek natychmiast udał wielkie roztargnienie, obrzucił dziewczyny niewidzącym wzrokiem i zniknął za Dziennikiem ustaw. Znad urzędowego pisma sterczał jedynie słomiany wicherek włosów. Spojrzały na siebie rozbawione.

Apatia, zły humor, beznadzieja – po prostu to się składało na uczucie, które od czasu do czasu, najczęściej po sprzeczce w domu, spadało na Julię nie wiadomo skąd. Była wtedy niemiła, obrażona na cały świat i wściekła na siebie za brak stanowczości wobec rodziców. Od dziecka kierowali nią po swojemu, lepili na swój obraz i podobieństwo. Szkoła aktorska? Wykluczone! Medycyna, prawo, w ostateczności politechnika, ale żadne tam pioseneczki i baleciki. Ustąpiła. Skończyła politechnikę i zamierzała zostać w Warszawie na stałe. Warszawa? A po cóż szukać szczęścia tak daleko, kiedy w małym mieście, przy rodzicach, łatwiej żyć!

Przez trzy miesiące walczyła, wreszcie skusili ją obietnicą własnego mieszkania i samochodu. Samochód kupili, o mieszkaniu bardzo szybko zapomnieli. Własne mieszkanie? To już ci z nami tak źle? Nawet jeżeli nie było jej zupełnie źle, to powoli przestawało być dobrze. Codzienne porcje rad i pouczeń były coraz obfitsze, jakby z wiekiem Julia głupiała zamiast rozwijać się i dojrzewać. Rano przy śniadaniu matka znowu nawiązała do Serafina, ale Julia nie podjęła tematu.

– Oddaliście już pieniądze tym ludziom, którzy nasłali na was bandytów? – spytała niewinnie.

Nie miała zamiaru ich obrażać, chciała tylko przerwać potok dobrych rad i zmienić temat. No i zmieniła. Tak się zdenerwowali posądzeniem o nieuczciwość, że matka wypiła pół butelki kropli uspokajających, a ojciec dwa razy trzasnął drzwiami: raz gdy wychodził z kuchni, drugi raz, gdy wrócił. Julii nawet przez głowę nie przeszło jakiekolwiek posądzenie. Wierzyła bez zastrzeżeń w kryształową uczciwość rodziców i ich dobre intencje. Wybiegła z domu przygnębiona i zła. W pracy też nie czekało jej nic dobrego, bo przecież trudno nazwać przyjemnością rozmowę z dyrektorem i sprzątanie kuchenki. Tak była zamyślona, że o mały włos nie przegapiła czerwonych świateł na skrzyżowaniu. Zatrzymała matiza w ostatniej chwili, gdy na przejściu już byli piesi. Spojrzała, zamknęła oczy i natychmiast otworzyła. Kilka metrów przed nią szedł klon Chochli. Taka sama pergaminowa buźka, długi, wąski nos i równiutki przedziałek wśród rzadkich loczków.

– On czy nie on? – zastanowiła się głośno. – Drugiego takiego egzemplarza chyba nie ma w mieście? Płaszcz identyczny, łapy w kieszeniach i nawet ten charakterystyczny chód!

Człowiek dreptał sobie po Kaliskiej wczesnym rankiem, z dala od domu, z dala od firmy i nic nie wskazywało na to, że się gdziekolwiek śpieszy. Julia westchnęła z rezygnacją. Nie życzyła mu źle, ale byłaby wdzięczna losowi, gdyby kierownik zaginął na trochę dłużej. Mdliło ją, gdy zaczynał marudzić, czepiać się drobiazgów, gdy łaził z kąta w kąt, sprawdzał, czy paprotki mają dość wilgoci i w kółko powtarzał swoje: tego no, ten. Był obrzydliwy. Wszystko, od długopisu po kombajn budowlany, kojarzyło mu się z seksem i rozmnażaniem.

Nim dojechała do firmy, nabrała przekonania, że jednak padła ofiarą pomyłki i najlepiej zrobi, trzymając język za zębami. Wszyscy mówili o zniknięciu Chochli. Od trzech dni nie pojawił się w biurze, policja go szukała, więc mało prawdopodobne, by spacerował sobie po osiedlu Południe. Firma trzęsła się od plotek i domysłów. Kobieta? Malwersacja? Szpiegostwo? Dopóki kręcił się po korytarzach, chudy i skwaszony, sprawiał wrażenie faceta, który mało rozumie. Ledwie zniknął, jego akcje poszły w górę. Widocznie coś wiedział, szeptali ludzie po kątach, widocznie komuś był potrzebny, widocznie to i tamto! Niech sobie gadają, myślała Julia, mnie nic do tego. Skorzystała z okazji, że magister Wydroń siedział w pokoju sam, i weszła podzielić się wątpliwościami nieco innej natury.

– Leszku, co właściwie robi Chochla – spytała, sadowiąc się za biurkiem Karoliny. – Gołym okiem widać, że działem rządzi Edyta.

Spojrzał prawie z rozczuleniem, tak jak starsi i doświadczeni ludzie potrafią patrzeć na szczerą naiwność.

– A chciałabyś, żeby rządził Chochla?

– Oczywiście że nie, jednak to jest chory układ. Facet bierze największe pieniądze tylko za to, że nic nie robi! W państwowej firmie jeszcze bym rozumiała, ale w prywatnej?

– Szwagier. Rozumiesz?

– Mikuli?

– Nie, dlaczego zaraz Mikuli? Inni wpływowi ludzie też mają szwagrów. W starych strukturach Chochla trzymał się dzięki sobie, należał wszędzie, gdzie było można i gdzie się opłaciło, teraz trzyma się dzięki powiązaniom rodzinnym. Na dobrą sprawę zmieniły się struktury, nie obyczaje.

– Powiedzmy, że rozumiem, ale czemu takie zero awansowało tak wysoko?

– Wysoko awansował dopiero w Budampoleksie 2. A dlaczego? Bo jego protektor też awansował wysoko, to raz, bo Mikula chce mieć Chochlę na oku, to dwa, i trzy, jakby ci tu powiedzieć... – zastanowił się Leszek. – Chodzi o to, że nasz dyrektor nie lubi kobiet na stanowiskach kierowniczych. Nie zrobił wyjątku nawet dla Edyty. Lepiej mu brzmi pan kierownik niż pani. Takiego ma konika, rozumiesz?

Kiwnęła głową bez przekonania. W słowach Leszka znalazła pewną pociechę: jeżeli o nią chodziło, nie marzyła o stanowisku kierowniczym.

Gdyby praca ograniczała się wyłącznie do kontaktów towarzyskich, Julia nie mogła trafić lepiej. Sekretariat sprawiał wrażenie ostoi życzliwości w firmie. Każdy uprawiał swoją działkę, nikt nikomu nie zagrażał i nie wchodził w drogę, mogli więc lubić się całkiem bezinteresownie. Tak przynajmniej wyglądało to w oczach Julii, która nie cierpiała tylko Chochli, no i samej pracy. Niestety, innej chwilowo nie miała, a tę załatwiła sobie sama. Od początku do końca sama, czyli bez pomocy rodziców. Trzy miesiące chodziła od firmy do firmy, wysyłała oferty, dzwoniła, aż wreszcie wygrała. W jej samodzielnym życiu było to największe osiągnięcie.

Leszek skończył mówić i patrzył na dziewczynę z nadzieją, że chowa w zanadrzu jeszcze jakieś pytanie. Chętnie zaspokajał jej ciekawość i to nie tylko dlatego, że z natury był bardzo rozmowny. Julia wstała z ociąganiem. Nie chciało się jej wychodzić, znała jednak umiar i czuła respekt przed Edytą. Już w drzwiach uśmiechnęła się i pomachała Leszkowi ręką. Lubiła go, choć nie przypominał amanta filmowego i miał żonę. Ogólnie jednak jako przyjaciel był fantastyczny i tak właśnie o nim myślała.

Ledwie wróciła na swoje miejsce, natychmiast zaczęła się szykować do rozmowy z dyrektorem. Stary czy nowy, kierownik działu będzie potrzebował pracowników, żeby ruszyć z robotą, rozumowała logicznie. Widać jednak pech ją prześladował, bo Mikula nie przyjechał do firmy. Zadzwonił koło dziesiątej z żądaniem, by Karolina niezwłocznie dowiozła mu do Bydgoszczy dokumenty. Wymienił jakie, gdzie je znaleźć i odłożył słuchawkę. Edyty nie było w sekretariacie, telefon odebrała Julia.

– Zwariowałaś?! – wściekła się Karolina. – Ani myślę jechać, mam inne plany na dzisiejsze popołudnie.

– Ja nic nie wiem, ja tylko powtarzam polecenie – broniła się Julia.

– Zgoda! Nie ty zwariowałaś, tylko ten stary cap! Nie jestem panną na posyłki! Zadzwoń do Oli Mikulowej. Czujesz, jaką minę zrobi stary? Dla samej miny warto mu podesłać ślubną zgryzotę.

Julia drgnęła. Bała się szefowej jak ognia. Prawdę mówiąc, oprócz Edyty i Karoliny bali jej się wszyscy. To ona była prawdziwą właścicielką Budampolexu 2, to ona trzymała całość w drapieżnej łapce. Firmą niby kierował dyrektor, szefowa niby się nie wtrącała do kadr, jednak parę zwolnień wymusiła na mężu. Głównie młodych, atrakcyjnych dziewczyn, których nie lubiła od czasu, gdy sama znalazła się po gorszej stronie czterdziestki. Trudno wyczuć, ile w tym było lęku spowodowanego nieokiełznanym temperamentem Mikuli, a ile zwykłej babskiej zazdrości. Nie była brzydka. Może wieczorem, rozebrana ze swej kobiecości, z kremem na twarzy – tak, ale za dnia przypominała zbyt mocno upudrowaną lalkę Barbie, ładniutką i sztuczną do przesady. Lubiła wpadać do firmy o różnych porach, była łasa na męskie komplementy i miłe słówka. Kobiety raczej ignorowała, czyniąc wyjątek dla Edyty. Próbowała sprytnie wypytać sekretarkę o to i owo, szczególnie o dyrektora, lecz jej spryt był wielkości łebka od szpilki. Edyta odpowiadała na wszystkie pytania, nie mówiąc kompletnie nic i to dopiero był spryt!

– Zadzwoń do szefowej – kusiła Karolina. – Powiedz, że trzeba te dokumenty dostarczyć, a ja mam boleści...

– ...sercowe? – Julia łypnęła okiem i natychmiast spoważniała. – Nie mam ochoty uczyć starego wierności małżeńskiej. Nawet gdyby mi Edyta kazała, to nie zadzwonię.

– Nie ma Edyty. Wyszła. Ty rządzisz. Jesteś asystentką dyrektora, czy nie jesteś?!

– Nie jestem... a jeżeli nawet jestem, to na papierku. On ma w nosie mnie i moją asystę. Mówię poważnie: nie zadzwonię. Boję się tej harpii i kiedy ją widzę, gotowa jestem współczuć staremu.

– Dla starego nawet ona jest za dobra – mruknęła Karolina. – Wyobrażasz sobie życie u boku takiego obywatela ze znakiem Q?

– Chyba nie powinnaś tak mówić! – zawahała się Julia.

– Mam nie mówić prawdy tylko dlatego, że parę razy przespałam się z tym capem?

– To twoja sprawa... Nie wiem... nie wydaje mi się to honorowe.

– Kochana, nim dojdziesz do trzydziestki, sama się przekonasz, że honor odrasta szybciej niż włosy. Włosów mi natura nie poskąpiła, ale życie dała jedno. W tym życiu postanowiłam zrobić karierę zawodową i nikt mi w tym nie przeszkodzi. Mikula uparł się, że radcą prawnym może być tylko facet. Jak mogłam go inaczej przekonać, że jestem lepsza od dwóch facetów?!

– Facetów do łóżka to on chyba nie szukał!

– Jasne, że nie! – roześmiała się Karolina. – To typowy heteroseksualny samiec. Dlatego, żeby udowodnić, że jestem lepsza od dwóch facetów, najpierw musiałam udowodnić, że jestem dobra. Zgorszyłam cię, co?

Julia nie czuła się zgorszona. Skończyła dwadzieścia pięć lat i od dawna nie wierzyła w bociany oraz szczerą bezinteresowność. Miała za sobą drobne zauroczenia, malutkie romansiki, ale przede wszystkim wciąż jeszcze miała swoje marzenia o wielkiej, prawdziwej miłości. Wiedziała, czuła, że gdyby nagle pojawił się taki jeden mężczyzna, to wszelkie prawdy o cnocie i honorze, którymi od lat karmili ją rodzice, z przyjemnością wyrzuciłaby przez okno. Dla miłości gotowa była na wiele; dla kariery też na wiele, lecz nie na wszystko. Mikuli dałaby kosza, choćby tylko ze względów estetycznych. Uważała dyrektora za straszną paskudę, za przerośnięte ciasto drożdżowe, które wylewa się z formy górą i bokami. Dla Julii estetyka była sprawą wielkiej wagi. Nie trafiał do niej argument przyjaciółki o ciepłym prysznicu, który zmyje z kobiety wszystko, nawet obrzydzenie.

– Wiesz, Julka, czego ci zazdroszczę? – spytała nieoczekiwanie Karolina. – Rodziców. Niczego więcej, tylko rodziców. Nie musisz się martwić, że nagle zostaniesz na lodzie, bez środków do życia, bez dachu nad głową. I to się nazywa komfort, dziewczyno! Ja, odkąd skończyłam piętnaście lat, mogę liczyć wyłącznie na siebie. Spokojna głowa, nabierze się każdy, kto spróbuje wpuścić mnie w kanał. Nie dam się, rozumiesz? – skończyła twardo, z ostrym błyskiem w oku.

– Rozumiem! – przytaknęła Julia. – W gruncie rzeczy jestem bardzo do ciebie podobna... tylko trochę inna.

Karolina pokręciła głową i spojrzała spod rzęs.

– Trochę inna? Nawet wiem, co nas różni. Ja nie kupuję pisemek z fotosami aktorów i nie kocham się w bohaterach romansów.

Julia gwałtownie zaprotestowała, ale wyraźne rumieńce przyznały rację przyjaciółce. Karolina śmiała się głośno i szczerze.

– Ech, ty, marzycielko! Śpisz z otwartymi oczami i myślisz, że nikt tego nie widzi! Ocknij się, nim cię zeżrą, bo szkoda takiej miłej dziewczyny na karmę dla hien!

Nie zadzwoniły do Oli Mikulowej. Razem odnalazły dokumenty, które Julia opakowała starannie i przekazała kierowcy Czarkowi. Była to bodaj pierwsza samodzielna decyzja, jaką podjęła w Budampoleksie 2.

Konrad rzadko bywał we włocławskich lokalach. Kiedy Karolina zaproponowała Café Blue na Przedmiejskiej, skinął głową, że może być. Przyszedł kwadrans przed czasem, nie znalazł wolnego stolika i musiał czekać na dworze. Wieczór był chłodny, ulice puste. Nie lubił śródmieścia, a jakoś wcześniej zapomniał, że Przedmiejska to pępek miasta. – Włocławskie city – mruknął niechętnie. Trochę blichtru na zewnątrz, parę odnowionych domów, parę nowych lamp, byle tylko nie wnikać głębiej. Na podwórkach od lat to samo: brud z nędzą, dziwka ze złodziejem. Znał tu kiedyś każdą ulicę, każdy dom i zakątek, nie tęsknił jednak za czasem minionym. Stanął na rogu, przy wystawie jubilera. Nie miał swojej kobiety, nie miał kogo obdarowywać prezentami, więc patrzył obojętnie i tylko dla zabicia czasu.

– Bądź pan człowiek, daj złocisza na piwko!

Jednocześnie usłyszał zachrypnięty głos i poczuł odrażający smród denaturatu. Choć wszystko się w nim zagotowało, stał dalej bez ruchu. Pijaczyna nie był namolny. Mruknął coś pod nosem i slalomem odpłynął w kierunku placu Wolności. Konrad spojrzał za nim i w tym samym momencie zobaczył dwie kobiety. Pierwsza nadchodziła lekkim, tanecznym krokiem od strony placu, druga stała z małym chłopcem na środku deptaka. Udał, że nie widzi chudej sylwetki w męskiej kurtce i kwiecistej spódnicy. Na samą myśl, że podejdzie i znów zacznie jęczeć, poczuł głuchą wściekłość. Stąd może uśmiech, którym powitał Karolinę, wcale nie przypominał uśmiechu.

– Czemu tu, a nie w kawiarni? – spytała zdziwiona.

Pachniała dobrymi perfumami i wyglądała uwodzicielsko. Kolorowa apaszka, fantazyjnie zawiązana na szyi, wspaniale podkreślała szarą zieloność oczu. Karolina jak mało kto potrafiła żonglować kolorami. Rozkwitała w czystych, zimnych barwach, które należały do jej ulubionych.

– Nie ma miejsc, musimy poszukać innego lokalu – burknął Konrad, zezując lekko w stronę drugiej kobiety.

– Och, zaraz coś wymyślimy – powiedziała pogodnie Karolina. – Tu nie Warszawa ani Toruń, tu nie ma lokali na zawołanie. Jedna porządna kawiarnia w centrum i full.

Skręciła w Przedmiejską. Zaledwie kilka kroków dzieliło ich od Café Blue.

– Radek! Ra...

– Tata!

Nawet nie drgnął. Karolina również. On udawał, że nie ma nic wspólnego ze stłumionymi okrzykami, a ona nie znała żadnego Radka.

Stoliki w kawiarni wciąż były zajęte, na szczęście Karolina wypatrzyła znajomych. Zanim się rozejrzał i przyzwyczaił oczy do granatowo-żółtych ścian, został przedstawiony dziewczynie znanej mu już z sekretariatu w Budampoleksie 2. Miała na imię Julia i siedziała w towarzystwie faceta, który mógł być ozdobą każdej siłowni. Konrad ze zdziwieniem, choć bez niechęci, zauważył, że Karolina zwracała się do niego po imieniu. Zakręcona babka i szybka jak odrzutowiec, pomyślał.

Nad stolikiem zaciążyło drętwe milczenie. Już wiedzieli, kto jest kim, ale jeszcze niewiele mieli sobie do powiedzenia, więc udawali, że czekają na kelnerkę, że najpierw zamówienie, potem przyjemność rozmowy. Czarna, szczuplutka dziewczyna o uśmiechu młodej Mony Lizy obsługiwała sąsiedni stolik. Konrad niby patrzył na nią, lecz w gruncie rzeczy przyglądał się chudzince otulonej burym swetrem. Na tle Karoliny wypadała blado, choć wcale nie była brzydka. Miała marzycielskie oczy, brzoskwiniową cerę i malutki nos pokryty piegami. Ocenił, że jest smarkata, zapewne dopiero po maturze, bo nie zdążyła jeszcze rozsmakować się w pudrach i szminkach.

Zamówili lody wiśniowe, gorąco polecane przez Karolinę.

– Miało być wino – przypomniał Konrad. – Jakie wybierasz?

– Wino? – zdziwiła się niewinnie. – Mówiłam ci przecież, że nie pijam wina.

Uśmiechnął się nieznacznie i uznał, że Karolinie należy się malutki prztyczek.

– A pani? – zwrócił się do Julii. – Ma pani ochotę na kieliszek martini?

– Chętnie.

Zanim zdążył zamówić, opowiedziała anegdotkę zasłyszaną we Włoszech, w miasteczku Pessione, gdzie zwiedzała muzeum wermutu Martini e Rossi. Zgrabnie opowiedziana historyjka ożywiła towarzystwo tylko na chwilę. Julia spróbowała jeszcze raz. Jej uwagę zwróciły irysy na ścianie, obraz w tonach idealnie dobranych do kolorytu wnętrza. Pokiwali głowami, że tak, że chyba tak, i dziewczyna ostatecznie zamilkła.

Karolina spojrzała na Konrada i wycelowała palec w jego pierś.

– Mówiłam ci już, że w naszej firmie jest jeden bezrobotny informatyk, który czeka na propozycje? Mówiłam, prawda?

Pytanie było z gatunku zaskakujących. Oczywiście nie wiedział, bo wcześniej na ten temat nie rozmawiali. Spojrzał na Serafina. Biedaczysko siedział z miną tak znudzoną, że trzeba się było mocno pilnować, żeby nie ziewnąć na sam jego widok.

– Pan?

– Skądże! Serafin jest wschodzącą gwiazdą biznesu. Widziałeś jego zegarek? Takie zegarki noszą teraz ludzie interesu. – Karolina jawnie kpiła z chłopaka, który spokojnie żuł gumę i niewiele sobie robił z całego gadania. – Julia jest informatykiem. Niestety, wyuczyła się też dwu języków obcych, jakby nie wiedziała, że kobiecie wystarcza jeden, ojczysty. Tak przynajmniej twierdzi nasz Mikula. Jaki pan, takie maniery! Widziałbyś Julię w swoim dziale? Miałbyś kim się wyręczać i na kogo krzyczeć. Ona tylko na oko wygląda na sopelek lodu, ale w środku to lawa, zaręczam ci.

Konrad słuchał w miarę spokojnie, dopóki dziewczyna kpiła z Serafina, a nawet z Julii. Każdy ma własny dowcip i może się bronić. Kiedy jednak żarty zaczęły godzić w niego, zjeżył się i spoważniał. Nie należał do mężczyzn obdarzonych przesadnym poczuciem humoru. Był skłonny przypuszczać, że Karolina bierze odwet za nieszczęsną lampkę wina.

– Czemu nic nie mówisz? – spytała.

– Nie chcę ciebie zagłuszyć.

Spojrzała spod rzęs i z wdziękiem eleganckiej damy zmieniła temat. Rozmowa się nie kleiła. Julia siedziała zamyślona, jej partner udawał głuchego, a Konrad czuł się poirytowany. Sama Karolina nie dała rady rozruszać drętwego towarzystwa. Wyszli szybciej, niż zamierzali.

– Przepraszam, zagalopowałam się i głupio wyszło z tym etatem – powiedziała, ledwie znaleźli się na schodkach. – Nie zrozum źle, nie chcę ci nikogo narzucać... Po prostu chciałabym pomóc Julii. Żal mi dziewczyny, bo ją lubię.

I znowu poczuł się zaskoczony. Kobiety, które znał, były w zasadzie typowe: lubiły wiercić dziurę w brzuchu, wtrącać się w cudze sprawy i same z własnej woli nigdy nie przepraszały. W ogóle nie przepraszały, bo nie miały za co. A Karolina jednym zdaniem, jednym drobnym słówkiem uciszyła warczące w nim zwierzę. Udobruchany mruknął, że wszystko w porządku, że nic się nie stało, choć jeszcze pięć minut wcześniej miał zamiar się pieklić.

– Ta mała wygląda, jakby dopiero wybierała się na studia. Nie sądziłem, że jest...

– ...taka stara? – roześmiała się Karolina. – Stażystka, tylko w nieodpowiednim dziale. Mikula ma swoje zasady. Przy komputerze jest cieńszy od półprzewodnika i rozumuje z prostotą jednokomórkowca: to, o czym dyrektor, na dodatek mężczyzna, nie ma pojęcia, nie może być dostępne rozumowi kobiety. Czarno widzę przyszłość Julii – skończyła nieco ciszej i całkiem niechcący, a może chcący, ujęła Konrada pod ramię.

Wracali piechotą ze śródmieścia na Zazamcze. On przeważnie milczał, ona mówiła. Charakteryzowała ludzi, zwyczaje i samą firmę. Dyrektor Mikula – notoryczny kobieciarz, który prędzej pogodziłby się z zarzutem niekompetencji niż impotencji. Antytalent organizacyjny, bałaganiarz i karierowicz. Mikulowa – podlotek nie pierwszej młodości, bezwzględny babsztyl, szczególnie chętnie grający rolę słabego kobieciątka. Edyta – perfekcjonistka, zawsze świetnie poinformowana i nigdy do końca szczera. Myli się każdy, kto uważa, że ją poznał. Chochla – prywatnie erotoman i tuman, służbowo bardzo cienki Bolek, zdolny do niezbyt wyrafinowanych świństw. Kiciński – sympatyczny, kulturalny facet, który nie wytrzymał eksperymentów starego i nie potrafił ukręcić bicza z piasku. Dobrał sobie niegłupich chłopaków, na swoje szczęście w porę zrozumieli, że kariery u Mikuli nie zrobią.

– A ty? – spytał nieoczekiwanie Konrad. – Ty nie myślisz o karierze?

– Ja robię karierę. Dyrektor, choć niezły krętacz, czuje awersję do paragrafów i potrzebuje dobrego prawnika. Ujmując rzecz historycznie, facet kieruje już trzecią firmą. Przyjaciele nazywają go specem od reinkarnacji. Nie słyszałeś?

– Nie, ale chętnie posłucham.

Szli nieśpiesznie; dziewczyna, wsparta na jego ramieniu, od czasu do czasu unosiła głowę, by sprawdzić, jakie wrażenie wywołują jej słowa. Operowała faktami. Najpierw był Budampolex, dość prężna firma państwowa, która w ramach prywatyzacji przeszła w ręce kilku udziałowców. Jednym z nich był Mikula, ówczesny dyrektor. Rządził energicznie, dopóki nie wszedł w posiadanie większości udziałów. Mając w garści pakiet kontrolny, doprowadził firmę do bankructwa i stworzył swój własny Budampolex 1. Zaciągnął kredyty, wykołował kilku kontrahentów i zbankrutował po raz drugi. Nim ktokolwiek się połapał, Ola Mikulowa zarejestrowała Budampolex 2. Stanowisko dyrektora powierzyła... mężowi. Po prywatyzacji i przekształceniach organizacyjnych firma nie jest zbyt atrakcyjna dla szeregowych pracowników. Mikula nie widzi potrzeby rozpieszczania ludzi wygórowanymi płacami. Zna dobrze sytuację na włocławskim rynku, wykorzystuje bezrobocie i nieźle na tym wychodzi.

Przez chwilę milczeli. Konrad ważył zasłyszane słowa i budował sobie obraz Mikuli. Facet zaniedbywał mniejsze zlecenia, bo miał zadęcie na wielkie roboty, chciał budować luksusowe osiedla, z wyprzedzeniem myślał o autostradzie i stopniu wodnym, wierzył, że kuzyn

Chochli przygotuje w ministerstwie odpowiedni grunt pod wygranie przetargów.

– Wystraszyłam cię? – spytała Karolina.

– Wyglądam na wystraszonego?

– Hm, jakby tu powiedzieć i nie urazić twojej męskiej dumy? – Zastanowiła się przez chwilę. – Niby nie wyglądasz, ale założę się, że nie miałbyś odwagi wejść ze mną na górę.

– Do firmy? – Uśmiechnął się jednym tylko kącikiem warg. – Mówiliśmy o firmie.

– A ja myślałam, że o odwadze.

Stali na środku przejazdu kolejowego. W świetle latarni widział jej błyszczące oczy i pełne usta. Już nie myślał, że jest szybka, już był o tym absolutnie przekonany. Czuł pulsowanie w skroniach i z wielkim trudem powstrzymał się, żeby nie zacząć całować dziewczyny na ulicy, między torem pierwszym a drugim.

– Tu chyba nie mieszkasz, prawda? Skoro mnie tak ładnie zaprosiłaś, to chodźmy!

Był przygotowany, że zechce odwrócić kota ogonem i wyprze się wszystkiego. Miał nawet na tę okoliczność odpowiedź, lecz Karolina, uwieszona jego ramienia, niczego się nie wypierała. Szła obok i nawet stać ją było na prowadzenie normalnej rozmowy.

– Powiedz mi jeszcze o tej informatyczce, o Julii. Ją pominęłaś.

– Nie jestem książką telefoniczną, żeby mówić o wszystkich – prychnęła zabawnie. – Skąd mam wiedzieć, ile jest warta w swoim zawodzie, jeżeli na okrągło myje szklanki i odbiera telefony. Asystentka dyrektora asystuje sprzątaczce i to też jest Budampolex. Już wiesz, gdzie pracujesz?

– Tak. Jestem ci bardzo wdzięczny za wprowadzenie.

– Jakie wprowadzenie? Wchodzić będziesz musiał sam. I do firmy, i na drugie piętro tego oto domu – roześmiała się, patrząc prosto w ciemne, błyszczące oczy mężczyzny.

Już drugi dzień z rzędu Julię prześladował pieski nastrój. Najgorzej było rano, potem trochę się poprawiało, wieczorem wracała czarna rozpacz. Z niechęcią wspomniała wczorajsze, upiorne popołudnie. Karolina umówiła się z nią w Café Blue, gdzie zamierzała przyprowadzić Orzechowicza. I przyprowadziła. A ten mruk postawił na otarcie łez lampkę martini i dał do zrozumienia, że nie chce jej w swoim dziale. Wróciła do domu wcześniej, przed blokiem spławiła Serafina, bo czuła się tak zdołowana, że natychmiast musiała z kimś porozmawiać. Obojętnie z kim, obojętnie o czym, byle tylko oderwać się od niewesołych myśli. Na szczęście spotkała na schodach Renatę, sąsiadkę z naprzeciwka. Kończyły razem podstawówkę, znały się od lat, więc z radością przyjęła zaproszenie na ploteczki. Mąż Renaty osobiście podał im kawę i zajął się dziećmi, żeby przez godzinkę miały spokój. Potem Renata wychodziła do pracy.

– Ależ ten Krystian cię rozpieszcza! – zauważyła z zazdrością Julia.

– Żebyś wiedziała! Cały dom prowadzi. Sprząta, gotuje, zajmuje się dzieciakami. Inny by na piwo, na wódkę polazł, taka jest prawda. Widzę, że się zadręcza, ale co chłopak winien? Takich jak on jest pełno. W gazecie wyczytałam, że co czwarty człowiek w mieście nie ma roboty. Pozamykali zakłady, posprzedawali, nic się już podobno nie opłaca, a ludzie poszli na bruk.

Pokiwały zgodnie głowami nad ciężką dolą ludu pracującego i zmieniły temat na weselszy. Przypomniały sobie dawne wygłupy, pośmiały się trochę i godzinka przeleciała nie wiadomo kiedy. Do pokoju zajrzał Krystian.

– Reniu, taksówka czeka!

Kiedy stanęły w przedpokoju, krzyczał właśnie przez okno do kierowcy, że żona już wychodzi. W domu Julia wpadła prosto w stęsknione ramiona matki.

– I gdzie ty łazisz, dziecko, całymi wieczorami? Pewnie znowu powlekłaś się z tą anielską trąbą?

– Chyba jerychońską – poprawiła odruchowo Julia.

– Mniejsza o ozdobniki, trąba jest trąbą! Dlaczego z nim nie zerwiesz? Ta znajomość nie ma...

– Byłam u Renaty – rzuciła pośpiesznie, żeby przerwać to, co miało dalej nastąpić, a czego nie była ciekawa.

– U Renaty? – Matka ze zdziwienia przysiadła na krześle. – Czy ty naprawdę nie możesz sobie znaleźć odpowiedniejszego towarzystwa? O czym ty z nią rozmawiasz?

– Mniej więcej o tym samym, co z tobą! – odpowiedziała zniecierpliwiona Julia.

– Ty mnie, dziecko, nie obrażaj! Ja uczciwie zarabiam na chleb i wypraszam sobie takie porównania.

Julia więcej się już nie odezwała.

To było wczoraj. A dzisiaj już przy śniadaniu zaczęło się to samo.

– I powiedz mi, po co ty polazłaś do tej Renaty? O czym ty z nią rozmawiasz?

Julia niezbyt delikatnie odstawiła kubek z mlekiem. Chlupnęło na stół i na talerzyk.

– Może nie zauważyłaś, ale ja już jestem pełnoletnia! – powiedziała i natychmiast wybiegła z mieszkania. Oczywiście wiedziała, że co się odwlecze, to nie popadnie w zapomnienie, i straciła ochotę na powrót do domu. W ogóle od rana nic się nie układało jak należy. Dyrektora nie było, w kuchence czekała sterta brudnych szklanek, których pani Henia z pewnością nie pomyła, Edyta zaś zostawiła cały sekretariat i gdzieś poszła. Sama sobie jestem winna, biadoliła w duchu Julia. Mogłam się postawić rodzicom, wypiąć na ich pieniądze i żyć po swojemu. Taka Karolina choćby! Wszystko, co ma, zawdzięcza sobie. Ojciec nieznany, matka od piętnastu lat w zakładzie dla obłąkanych, a dziewczyna nie zginęła. Zechce wyjść za Orzechowicza, to wyjdzie. Nikt jej nie spyta, ile facet ma kapitału, co sobą reprezentuje i kim są jego starzy! Ja to już na pewno zostanę starą panną, pomyślała z goryczą. Chyba że zjawi się On i powie jak Marek Ligii: „Tak, ona piękna, aleś ty stokroć piękniejsza. Ty się nie znasz, *ocelle mi*! Zwróć oczy ku mnie...”.

Oddałaby wszystko, nawet przedni ząb, niechby jedynkę górną, by zagrać tę scenę i oczarować partnera filmowego. Ząb zawsze można wstawić, a pustego życia nie da się wypełnić myciem szklanek.

Wzdrygnęła się i odruchowo sięgnęła po lusterko, żeby sprawdzić, czy mimo wszystko górna jedynka siedzi mocno. Zaklęcia zaklęciami, lecz zęba byłoby żal.

– I co? Ładna jesteś?

Drgnęła gwałtownie, lusterko z suchym chrzęstem potoczyło się na podłogę. Siedem lat nieszczęścia w miłości, pomyślała z rozpaczą. Poranny pech jeszcze się nie skończył. To on przygnał panią prezes do sekretariatu, no bo przecież nie opatrzność! Stała przed Julią wysmukła, władcza i z naganą kręciła głową.

– Czy kierownik Cholewa wrócił?

Zawsze z upodobaniem przekręcała nazwisko Chochli i zawsze bardzo ją to bawiło.

– Nie wiem – odpowiedziała Julia.

Nie wiedziała również, gdzie jest Edyta, co już wyraźnie zirytowało panią prezes.

– Personel powinien wiedzieć, co robią szefowie! – niemal krzyknęła.

– Myślałam, że wystarczy, gdy szefowie wiedzą, co robi personel!

Julia nawet nie starała się być miła. Mikulowa tak ją zirytowała, że zapomniała o strachu. Zebrała potłuczone szkło i udawała, że czyta instrukcję. Nie zamierzała łasić się ani wyskakiwać z kawą. Ostatecznie pani prezes była u siebie i mogła wszystko: stać, siedzieć, leżeć, wypić cały zapas wody mineralnej albo zatańczyć kankana, mogła wreszcie wyrzucić krnąbrną urzędniczkę na bruk, byle tylko nie obrażała jej głupimi uwagami.

– Wiesz, że ty masz rację! – wykrzyknęła nieoczekiwanie Mikulowa. Patrzyła na dziewczynę tak, jakby razem dokonały niesamowitego odkrycia.

Na szczęście wróciła Edyta i Julii nie zdążyło przewrócić się w głowie. Zajęła się instrukcją, a obie panie usiadły w gabinecie naczelnego. Spoza uchylonych drzwi docierały urywane głosy. Mikulowa najprawdopodobniej mówiła o mężu. Zwykle każdą rozmowę zaczynała od niego i na nim kończyła.

– Interesy w Warszawie? To dlaczego ja nic o tym nie wiem? Całe szczęście, że to już koniec. Teraz, jak załatwimy...

Dalej szeptały już ciszej, bo z gabinetu docierało zaledwie psykanie. I właśnie w tę psykającą ciszę wkroczył kierowca Czarek.

– Julka, szykuj tyłek, zapowiedź pierwsza! – oznajmił głośno i radośnie.

Zaszurały krzesła w pokoju magistrów. Obecność Mikulowej trzymała Leszka i Karolinę z daleka od sekretariatu, ryk Czarka przyciągał z siłą magnesu. Julia przyłożyła palec do ust i lękliwie spojrzała w stronę uchylonych drzwi. Czarek mrugnął porozumiewawczo i dokończył szeptem:

– Szykuj tyłek, mówię, bo szef będzie cię lał. Nastawił się chłopina na dupczenie, a ty zamiast Karoliny podesłałaś mnie! Trzeba było widzieć jak jeb... rąbnął kopertą o ścianę. Mam ci powiedzieć, że już tu nie pracujesz. Więc ci mówię. Od siebie dodaję, żebyś się nie łamała. To tylko takie pier... pierniczenie dudka wystawionego do wiatru. Kto tam rajcuje? – wskazał głową drzwi sekretariatu.

– Mikulowa i Edyta – szepnęła Julia.

Czarek zmył się w ciągu sekundy, ustępując pola duetowi magistrów. Ich szepty nałożyły się na te dochodzące z gabinetu.

Blada i przejęta Julia nie bardzo rozumiała, co się wokół niej dzieje.

– Nie pękaj, mała! – Karolina nie wydawała się przestraszona. – Mikula lubi straszyć. Mnie bardziej martwią te dwie. One coś knują.

– Skażenie zawodowe – powiedział Leszek. – Przestań wietrzyć wszędzie spiski, bo padniesz ofiarą halucynacji. Na moje ucho te dwie łątki uprawiają filozofię kawową. Męskim osobnikom przypinają łaty, sobie medale, a przyjaciółkom obrabiają odwłoki. Filozofia męska, czyli piwna, traktuje sprawy...

– Pss! – Karolina położyła rękę na ramieniu rozgadanego Leszka.

Pani prezes mówiła tonem poirytowanym, więc nieco głośniej:

– ...ją pierwszą precz! Znajdź powód do dyscyplinarki, będzie oszczędniej. Jedna, góra dwie osoby wystarczą ci...

Edyta widać czuwała, bo ciche stuknięcie zamykanych drzwi przerwało interesujący wywód.

Spojrzeli na siebie, zaskoczeni.

– Coś mi się zdaje, kochany, że poplątałeś definicje! – mruknęła Karolina. – Mówiąc językiem stukniętego entomologa, szykuje się grubsza dezynsekcja. I nie nazywam się Cierniak, jeżeli to nie mnie pierwszą zechcą wypsikać z działu.

Julia, wiedziona strachem i współczuciem, przeszła za nimi do pokoju magistrów.

– Może nie będzie tak źle – powiedziała cicho.

– Gorzej, niż myślisz. Nie wiem, co te baby knują, ale intuicja podpowiada mi, że trzeba przygotować obronę. Cholera, żebym tylko mogła dostać do ręki opracowanie, które zdematerializowało się razem z Chochlą! Dokumenty źródłowe nie wróciły do księgowości ani do innych działów i zdechł pies. Jak myślisz, Leszku, co takiego stary chciał dostać, czego nie dostał?

– Przeproś za stukniętego entomologa, to ci coś pokażę.

– Pokaż, jeżeli już musisz, choć nie gwarantuję, czy utrzymam powagę.

– Przeproś, powiedziałem!

– Niech ci będzie, entomologu amatorze!

– Zobacz to! – Leszek widać uznał, że amator brzmi lepiej niż stuknięty, i położył na biurku Karoliny zieloną kartonową teczkę.

Otworzyła bez specjalnego zainteresowania, wciąż jeszcze głęboko poruszona własnymi myślami. W miarę przerzucania papierków jej twarz rozświetlała się wewnętrznym blaskiem. Miała przed sobą spis dłużników i wierzycieli, właściwie całe dossier firmy. Były to co prawda tylko kserokopie, ale obraz dawały godny oryginałów.

– Skąd to masz?

Leszek pokręcił głową z jawną dezaprobatą.

– Tego się nie spodziewałem. Mam i już... to znaczy mamy i już. Teraz trzeba przejrzeć papierek po papierku i wyciągnąć właściwe wnioski. Może nawet znajdziemy odpowiedź na najważniejsze pytania: co takiego knują nasze łątki i dlaczego Edyta nie zdecydowała się przekazać teczki staremu.

– Jednak miałam rację z tym knuciem! – stwierdziła z satysfakcją Karolina. – W przypadkowe zniknięcie Chochli też nie wierzę.

– Jedno z drugim nie ma nic wspólnego – wyjaśnił spokojnie Leszek. – Gzik zaginął sobie, teczka sobie... choć, mówiąc poważnie, ona wcale nie zaginęła. Nerwowe poszukiwania to otoczka, mały spektakl na użytek mas.

– Gdzie wobec tego jest Chochla? – spytała Julia.

Leszek wzruszył ramionami. Karolina nawet nie dosłyszała pytania. Z wypiekami na policzkach przeglądała dokumenty zebrane w zielonej teczce. Niektóre widziała po raz pierwszy i te ją szczególnie interesowały. W końcu była prawnikiem, odpowiadała za treść umów i nie tylko. Leszek stał na wprost niej, oparty rękami o biurko.

– Od jakiegoś czasu Mikuli nie wystarczają donosy Heni?! Zobacz tylko, kupił kamerę przemysłową i urządzenia do monitorowania za trzydzieści parę tysięcy.

– Urządzenia razem z Henią to mały pryszcz! – Karolina z wrażenia zaczęła szeptać. – Mnie wychodzi, że jesteśmy najlepiej ubezpieczoną, a raczej najbezpieczniej zadłużoną firmą. Mikula, zamiast po bożemu korzystać z bankowych kredytów, siedzi w kieszeni Zakładu Ubezpieczeniowego Spokój, u jakiegoś Bujały. Znasz faceta?

Leszek nie znał faceta, poza tym, wertując dokumenty, zwracał uwagę na całkiem inne szczegóły niż Karolina.

– To co robimy z tym bigosem? – spytał.

– Chyba nie chcesz popełnić grzechu zaniechania! – oburzyła się Karolina. – Musimy wieczorem usiąść w dwójkę...

– ...w trójkę – dorzucił Leszek. – Wszystkim nam grozi wywalenie na ulicę. Poza tym informatyczka zawsze może się przydać.

Karolina spojrzała na Julię i kiwnęła głową. Tak byli oboje z Leszkiem przejęci, że świat dla nich przestał istnieć. Jedna Julia zachowała jaką taką ostrożność i wciąż stała w progu. Ale nawet ona nie usłyszała kocich kroków Edyty. Odwróciła się gwałtownie dopiero, gdy poczuła rękę na plecach. Była nieco wyższa od sekretarki, więc skutecznie zasłaniała widok na biurko Karoliny.

– Pani Edytko – zamrugała gwałtownie, a w jej wielkich oczach pojawiły się łzy. – Dyrektor Mikula mnie zwolnił.

Objęła kobietę i zmusiła do odwrotu. Całe serce włożyła w odegranie roli uciśnionego niewiniątka. Jej talent aktorski rozbłysnął niczym perła w otwartej ostrydze i wzruszył nawet niezbyt czułe serce Edyty.

– Naprawdę aż tak bardzo się przejęłaś? – spytała zdziwiona. – Ta decyzja leżała w kompetencjach asystentki dyrektora i dobrze, że wykazałaś trochę samodzielności.

Julia spodziewała się wszystkiego: napomnienia, wymówki, lecz na pewno nie pochwały. Z wyczuciem godnym najlepszych aktorów odstąpiła od dalszej rozpaczy, by nie popaść w kabotynizm.

W Zajeździe było pusto. Konrad rozejrzał się i uznał, że kuchnia w renomowanym włocławskim lokalu musi być wyjątkowo kiepska, skoro po piętnastej, a więc w porze obiadu, niemal wszystkie stoliki czekają na gości.

– Jesteś w błędzie, ssaczku – wyjaśniła Karolina. – Lepszej kuchni nie znajdziesz w całym mieście i lepszej czerniny nie zjesz nigdzie.

Skrzywił się na barbarzyńską zupę; pustki w restauracji nie dawały mu spokoju, więc zaczął opowiadać o lokalach Warszawy i Bydgoszczy, gdzie znalezienie wolnego stolika w porze obiadowej graniczy z cudem. Dziewczyna oderwała oczy od karty dań.

– Światowiec z ciebie, jak widzę, ale jednego nie rozumiesz: czymś w końcu muszą się różnić małe miasta od dużych. Tu nigdy nie ma szczytu, bo włocławianie, których stać na obiad w lokalu, myślą tak jak ty: przetrącę coś w domu i też się najem. A ci, którzy lubią odrobinę luksusu, niestety, nie mają forsy. Arystokracja ducha w małych miastach jest biedniejsza niż w dużych. Mniej możliwości, mniej pieniędzy.

– Siebie zaliczasz do której grupy?

– Do żadnej. Ja uwielbiam luksus, bez względu na to, czy osobiście płacę, czy mam sponsora.

Posłała mu czarujący uśmiech i wróciła do lektury. Nim on zdążył przebrnąć przez zupy, ona wiedziała, że po czerninie zje pstrąga z rusztu i całość popije zimnym piwem. Zachowywała się jak stała bywalczyni, żartowała z kelnerką i nie miała wątpliwości, co kryje się pod wyszukanymi nazwami potraw.

– Ładne wnętrze – przyznał, gdy czekali na obiad. – Takie w starym, dobrym stylu.

– W starym, dobrym stylu – ucieszyła się Karolina. – Wiesz, kto powiedział jota w jotę tak samo? Powinieneś znać Bujałę... Co ja mówię: musisz go znać, przecież to twój były szef. Opowiedz mi o nim. Jaki to facet? Sprawia wrażenie... bufona.

– Skąd mam wiedzieć! – obruszył się nie na żarty. – Ty go znasz, nie ja.

– Ależ z ciebie dziwadło, ssaczku! Nie znam. Przytoczyłam słowa, które wpadły mi w ucho całkiem przypadkowo. Jak ci zacytuję Rockefellera, to też mnie posądzisz o zażyłość z jego milionami?

Nie jest prawdą, że tylko kobiety nie lubią, gdy w ich towarzystwie mówi się o innych kobietach. Mężczyźni są równie drażliwi, a może nawet drażliwsi. Konrad zaciął się w sobie i postanowił, że nie będzie rozmawiał z Karoliną na temat byłego szefa i w swoim mniemaniu słowa dotrzymał. Pod koniec obiadu dziewczyna wydawała się całkiem zadowolona. Czego nie dowiedziała się wprost, wyczytała między wierszami i otrzymała portret ni to biznesmena, ni to gangstera. W każdym razie Bujała miał wszystko, co mężczyzna powinien mieć: pieniądze, dom, samochód i na dodatek jacht. Żonę też pewnie jakąś miał, lecz fakt ten chwilowo pozostawał bez znaczenia.

– Podwieziesz mnie? – spytała, gdy wyszli na pustawy plac Wolności. – Trochę się śpieszę, bo o szóstej wpadnie po mnie Julia i jedziemy pracować do Leszka. Stary zadał nam wyjątkowo wredną robotę.

Konrad milczał. Liczył, że po wspólnym obiedzie zjedzą wspólną kolację, może nawet przedłużą miłe chwile aż do następnego ranka, czyli do śniadania, jednak zachował ten pomysł dla siebie.

– Gniewasz się na mnie? – spytała, gdy już ruszyli.

– Ja?

W jego głosie było wszystko: śmiech, zdziwienie, radosna pewność siebie, lecz na pewno nie było gniewu. Karolina zmarkotniała, co sprawiło mu dodatkową satysfakcję. Prawdziwy gniew dopadł go dopiero wówczas, gdy dziewczyna wysiadła. Poczuł się wodzony za nos i lekceważony. Ruszył z piskiem opon i o mały włos nie wytrząsnął duszy ze starego forda. Ledwie podjechał na własny parking, obok samochodu wyrosła Żaneta z nieodłącznym synkiem. Jej ziemista, zniszczona twarz nie zdradzała zmęczenia ani radości. Najprawdopodobniej czekała od piętnastej. Inna kobieta na jej miejscu dawno by się zniechęciła, ale ona była cierpliwa i uparta. Od kilku miesięcy, to jest od czasu, gdy wpadła na trop Konrada, zaczęła pojawiać się przed jego domem. Najpierw raz na parę tygodni, potem coraz częściej miał wątpliwą przyjemność oglądania jej kolorowej spódnicy i męskiej kurtki.

– Radek, nie mam pieniędzy – powiedziała bez zbędnych wstępów.

– To się przejdź do opieki społecznej! – warknął.

– Tata? – spytał chłopiec.

– Nie, to nie tata – wyjaśniła Żaneta i dodała to, co mówiła przy każdym spotkaniu: – On mały, on na wszystkich facetów mówi tata.

Pociągała płaczliwie nosem i patrzyła błagalnie. Konrad dobrze wiedział, że dając pieniądze, nigdy nie uwolni się od Żanety i parszywej przeszłości. Drobne czy grubsze datki niczego nie załatwiały, to była studnia bez dna. Studnia, w którą on nie miał zamiaru skakać.

– Nie przychodź tu więcej – powiedział ostro. – Weź się do roboty i najlepiej zapomnij, gdzie mieszkam, bo w końcu wezwę policję.

Drzwi wejściowe trzasnęły głucho. Dopiero na górze nieco ochłonął, ale wciąż jeszcze miotała nim wściekłość. Z trudem uporał się z zamkiem. Własne mieszkanie wydało mu się dalekie i obce. Na meblach i wszędzie, gdzie spojrzał, pełno było kurzu. Ostatnio jakoś brakowało mu czasu dla domu. Z natury był pedantem. Przede wszystkim dbał o swój warsztat pracy, o komputer i sosnowe biurko. Tam wszystko musiało lśnić, co nie znaczy, że reszta go nie interesowała. Mieszkanie, odziedziczone po ciotce Ewelinie, pełne było bibelotów i różnych niepotrzebnych staroci. Kilka razy przymierzał się do remontu i zmiany wystroju, jednak nie miał pomysłu na nowe wnętrze. Odkurzał więc figurki, zdjęcia, obrazeczki, irytował się, że jest tego aż tyle, i zostawiał wszystko swojemu losowi. – Cholerny świat – mruknął niechętnie. – Może wreszcie dostanę solidnego kopa i wyjadę z tego grajdołka.

To nie do zniesienia. Tu wszyscy wszystkich znają. Ona i Bujała, kto by pomyślał! Sam już nie wiedział, czy bardziej dokuczało mu wspomnienie pięknej Karoliny, czy zaniedbanej Żanety. A może obu kobiet i na dodatek Bujały.

Domofon Karoliny był popsuty i Julia musiała wchodzić na drugie piętro tylko po to, żeby się zameldować. Jamnik mojej Gajewskiej jak zwykle narobił hałasu na całą klatkę schodową. Obowiązkowo należało mówić „moja Gajewska", tak jak mówiła Karolina. To nie była jakaś tam twoja, wasza ani nasza sąsiadka, ona była wyłącznie „moja". Kiedy staruszka czuła się gorzej, Karolina biegała dla niej po zakupy, wyprowadzała Figę na spacer i wpadała na ploteczki. Moja Gajewska, w przeciwieństwie do większości staruszek, żyła dobrymi wiadomościami z przeszłości i współczesnymi romansami. Nie zrzędziła, nie krytykowała, cieszyła się, że młodzi mają teraz dobrze. Suczka Figa nie była już tak przyjaźnie nastawiona do ludzi, a jeśli nawet była, to swoją radość demonstrowała dość hałaśliwie.

Karolina otworzyła drzwi w spódniczce i staniku.

– Nie jesteś sama? – wystraszyła się Julia.

– Też coś! Przy gościu, o którym myślisz, biegałabym nago, nie w uniformie – odpowiedziała ze śmiechem. – Klapnij, gdzie ci wygodnie, zaraz będę gotowa.

Wyciągnęła z szafy kolorowe łaszki i w wielkim skupieniu zestawiała spódnice z bluzkami, bluzki z żakietami. Przechylała głowę, patrzyła krytycznie i próbowała następnych połączeń.

– Kupiłam spódnicę, widziałaś? – pochwaliła się Julia. – Czysta bawełna, żadnych dodatków. Fajna, nie?

Wstała z krzesła, żeby zademonstrować uroki nowego nabytku. Karolina słowem nie zdradziła zachwytu. Zerknęła tylko na suto marszczone cudo w kolorze zgniłego buraczka i wróciła do swoich wieszaków.

– Nie podoba ci się? – spytała zmartwiona Julia.

Przyjaciółka przysiadła na poręczy fotela. Lubiła tak przysiadać czy to na poręczy, czy na biurku.

– Nie mogłaś wybrać czegoś bez ogonów i w atrakcyjniejszym kolorze?

– Bawełna zawsze trochę się wyciąga – zmarkotniała Julia. – A kolor jest w moim guście.

– O, pardon! Jeżeli w guście, to wiadomo, że nie ma o czym gadać. Spódnica jest prześlicznie cudna, można z niej zrobić namiot dla trzech... może i czterech skautów!

Karolina zeskoczyła z fotela i wróciła do swoich zajęć. Za sprawą prostej czarnej spódniczki i turkusowej bluzki przemieniła się na oczach naburmuszonej Julii w elegancką kobietę. Musnęła rzęsy tuszem, pociągnęła wargi pomadką.

– Jestem gotowa. Możemy jechać.

– Ależ ty jesteś piękna! – westchnęła Julia z podziwem.

– W życiu bym nie pomyślała, że twój wyrafinowany gust jest tak bardzo podobny do Konradowego! – roześmiała się przyjaciółka.

– Mówił coś o mnie?

– Lebioda bez ambicji zawodowych.

Julię zatkało. Patrzyła szeroko otwartymi oczami i tylko dwa zaimki przeszły jej przez gardło.

– On o mnie?

– Czemu u licha on ma mówić o tobie, jeśli spotyka się ze mną? – spytała Karolina. – Wyraziłam własną opinię. Mam rozwinąć?

Julia skinęła głową. Dziewczyna, którą uważała za przyjaciółkę, przejechała się po niej jak narciarz po stoku. Za potulne siedzenie na tyłku, za wysługiwanie się Heni, za wewnętrzne rozmemłanie i senność, za ciuchy w stylu kopciuszka, brak makijażu i kobiecego wdzięku, wreszcie za to, że pozwoliła Mikuli o sobie zapomnieć. Julia mrugała szybko, żeby się nie rozpłakać i nie dać Karolinie okazji do kolejnego epitetu.

– Jesteś niesprawiedliwa – wybąkała. – Edyta nigdy nic podobnego... Edyta mówi...

– Nie słuchaj Edyty, do jasnej cholery! Znajdź sobie inną wyrocznię, a najlepiej słuchaj swojego sumienia i sięgaj po to, co ci się należy. W firmie każdy ma własne plany, których nie odgadniesz. Myśl, nie siedź za biurkiem jak śpiąca Wenus. Mikula ci etatu na tacy nie przyniesie, bo to kretyn i zakuty antyfeminista. Nie wiem, jak ten cap łączy miłość do kobiet z taką cholerną pogardą dla nich. Szczerze mówiąc, guzik mnie to obchodzi. Ale ty mnie obchodzisz, bo cię lubię. Pogadaj z Kicińskim, pogadaj z Konradem, wydrzyj Mikuli ten etat z gardła i nie licz, że ktoś za ciebie załatwi twoje sprawy!

– Chciałam... już dawno chciałam...

– Jakbyś musiała, jakby nie było tatusia, mamusi i ich pieniędzy, to na chceniu byś nie skończyła. Rozumiesz?

– Tak! Nie... Ojejku! Jasne, że rozumiem, do cholery!

– Fiu, fiu! Może jeszcze będą z ciebie ludzie! – powiedziała nieco pogodniej Karolina.

Julia czuła się zbesztana i pogłaskana równocześnie. Opinia przyjaciółki wstrząsnęła nią, bo sama miała o sobie lepsze zdanie. Czegoś przecież w życiu dokonała, coś udowodniła i całkiem poważnie myślała o przyszłości.

– Z tą lebiodą przesadziłaś trochę, prawda? – spytała cicho.

– Niewiele! – pokręciła głową Karolina. – To szczera prawda.

Na ulicę Świętego Antoniego dotarły z półgodzinnym opóźnieniem. Leszek mieszkał w solidnej, przedwojennej kamienicy. Wygodne, szerokie schody z drewnianymi poręczami, mozaikowa posadzka i witrażowe szybki na półpiętrach sprawiały wrażenie mieszczańskiego dostatku. Jeżeli nawet krytyczne oko Julii wypatrzyło trochę kurzu czy wyłupany schodek, to już w mieszkaniu rozbłysnęło czystym zachwytem. Wysokie, duże pokoje urządzone zostały z wielkim gustem i dbałością o szczegóły. Idealnie nadawały się na tło do marzeń o odrobinie luksusu na co dzień. Piękne stare meble, śliczne mahoniowe pianino, na ścianach obrazy i skrzyżowane szable. Była zaskoczona, choć nie powinna. Leszek bardzo do tego mieszkania pasował – ze swoją elegancją, doskonałą wodą po goleniu i nienagannymi manierami.

– Fantastycznie tu! – westchnęła z podziwem.

Uśmiechnął się i wyjaśnił, że to scheda rodowa, której nie pozwolił zniszczeć. Zadbał, odnowił i będzie jeszcze cieszyć oczy przez wiele lat.

– Fiu, fiu! – mruknęła Karolina. Jej uwagę zwrócił wielki szafkowy zegar w kącie pokoju. – Całe wieki temu mieliśmy w domu bardzo podobny – powiedziała cicho.

Leszek przygotował miejsce pracy w swoim gabinecie, gdzie oprócz wielkiego biurka i foteli stały dwie wyjątkowej urody szafy z książkami. Analiza dokumentów zebranych w zielonej teczce okazała się zajęciem frapującym i czasochłonnym. Cztery godziny strawili na twórczych dyskusjach. Jeden wniosek nasuwał się nieodparcie: firma była zadłużona ponad przyzwoitość. Kwoty pożyczone od wierzycieli znacznie przewyższały te, które Budampolexowi winni byli dłużnicy. Oczywiście to jeszcze o niczym nie świadczyło, ale zastanawiać mogło.

– Co ten jelonek rogacz kombinuje? – zastanawiał się Leszek głośno. Miał przed sobą kserokopie weksli wystawionych przez Mikulę na rzecz Grzegorza Bujały. Wszystkie na urzędowych blankietach, prawidłowo wypełnione, łącznie z magiczną formułką „zapłacę bez protestu", kwotą podaną w PLN i doliczonymi odsetkami. Do niczego nie można się było przyczepić. Podobnie zresztą jak w wypadku pożyczek branych pod zastaw maszyn i hal fabrycznych.

– Dziwne – powiedziała Karolina. – Stary cap w drobniejszych sprawach niczego nie zrobił bez mojej opinii, a tu, gdzie w grę wchodzą grube pieniądze, nawet się nie zająknął o Bujale i pożyczkach. Połowę tych papierków widzę po raz pierwszy.

– Ja też. Jednak zapewniam cię, że podpisy na oryginałach są starego – powiedział Leszek.

– Podpisy być może, ale czyj był pomysł kolejnego bankructwa? Coś mi mówi, że Bujała jest niezłym tropem. Pomaga Edycie i Mikuli, więc jakbyśmy mu zabełtali w głowie, może i nam zechce pomóc. Co o tym myślicie?

Julia od dłuższego czasu wierciła się niespokojnie. Miała niejasne wrażenie, że wkraczają w cudze sprawy. Była córką właścicieli sporego biznesu i niejedno w domu słyszała. Rodzice uważali – a ona się z nimi zgadzała – że właściciel firmy ma prawo zrobić z własnością, co zechce, i nikomu nic do tego. Próbowała wtrącić swoje trzy grosze do ogólnej rozmowy.

– Masz rację – przyznała Karolina. – Jak wyniesiemy się z Budampolexu, to Mikulowie mogą zjeść cały ten majdan i popić wiślaną wodą. Wciąż jednak u nich pracujemy i jeśli zakład przestanie istnieć, znajdziemy się na bruku, a wierz mi, kiepsko się szuka pracy z tej pozycji. Jeżeli o mnie chodzi, przynajmniej do września nie mogę ruszyć się z miasta. Wyłożyłam za mieszkanie z góry i nie mam zamiaru tracić forsy. Mikula płaci śmiesznie mało, jednak płaci.

– Myślę, że jakąś, niewielką, szansę mamy – powiedział Leszek. – W każdym razie warto spróbować, nim nas wyleją.

Wielkie oczy Julii wędrowały od Leszka do Karoliny. Nie patrzyła na stół zawalony dokumentami, bo nie znała się przecież na wekslach, pożyczkach ani spisach dłużników. Dla niej najważniejsze było to, że siedziała wśród przyjaciół, którzy dopuścili ją do wielkiej tajemnicy. Czuła się wyróżniona, dowartościowana i wdzięczna za zaufanie. Ona też nie wyobrażała sobie życia bez pracy. Z głodu by nie umarła, ale z nudów i rozpaczy pewnie tak. Dlatego chciała pomóc Leszkowi i Karolinie, nawet gdyby przyszło troszeczkę złamać prawo. Liczyła, że troszeczkę wystarczy.

– Słuchajcie! – zawołała w przypływie twórczego natchnienia. – Wy nie wiecie nic, ja nie wiem nic, nikt z nas nic nie wie, czyli najlepszy moment, żeby zawiązać spisek. Jest kwiecień, możemy się nazwać aprilistami i do dzieła. Tylko do jakiego?

– Idzisz ją! – ucieszył się Leszek. – Małe to, a zapobiegliwe jak wielodzietna mrówka! Nazwę nam wymyśliła, do dzieła chce się brać i wie, żc nic nic wie!

– Spokojna głowa! – Karolina przerwała wesołe rozpasanie. – Mądre pytania są najważniejsze. Teraz wystarczy, że poszukamy właściwych odpowiedzi.

Logiczny wywód przyjaciółki, poparty ojcowskim całusem Leszka, ostatecznie przekonał Julię, że znalazła się po właściwej stronie.

– Do kogo należą grunty? – spytała od niechcenia, w ramach zadawania mądrych pytań, o których napomknęła Karolina.

– Jakie grunty?

– Biurowiec, hale, magazyny stoją przecież na jakimś gruncie, prawda? – wyjaśniła niepewnie Julia. – Pytam, do kogo należy ta ziemia, bo... jeżeli do Mikulowej, to... a jeżeli nie do Mikulowej... to uregulowanie praw własności wymaga... – plątała się coraz bardziej, przekonana, że pytanie, ściągnięte od rodzonej matki, nie było najmądrzejsze. Leszek patrzył na nią uważnie, wreszcie zerwał się z fotela i zaczął krążyć po gabinecie.

– Mógłbyś usiąść – poprosiła Julia. – Takie dreptanie przypomina mi Chochlę.

– Fuj! – Usiadł posłusznie. – Myślę, że grunty możemy sobie darować. Nie ma sposobu, żeby ustalić, kto jest właścicielem.

– Oczywiście, że jest sposób! – wtrąciła Karolina. – Tylko czy jest sens?

– Nie ma! – przyznał skwapliwie i sięgnął po zieloną teczkę.

Co wynikało z materiałów, to wynikało, ale zamierzeń szefów nie dało się z nich wyczytać. Kto znał prawdę? Mikulowie, może jeszcze ktoś, na pewno Edyta. Należało dotrzeć przynajmniej do jednej z tych osób. Sekretarkę wykluczyli pierwszą. Łatwiej byłoby włamać się do bankowego systemu komputerowego niż wyciągnąć z Edyty tajemnicę, której nie zamierzała zdradzić. Leszek obiecał wykorzystać swój męski czar i pociągnąć za język Mikulową. Nie robił większych nadziei sobie ani koleżankom. Szefowa lubiła jego towarzystwo w firmie, natomiast wcale nie musiała mieć ochoty na spotkanie poza firmą. Nie była kobietą skomplikowaną wewnętrznie, lecz nie była też całkowicie pozbawiona rozumu.

– No dobra, spróbuję rozgryźć tę babkę wielojajeczną – mruknął.

– Kogo? – zainteresowały się dziewczyny, przyzwyczajone bardziej do owadów niż do nabiału.

– Nie zauważyłyście, że ona każde zdanie zaczyna od ja? Jaja i jaja!

– Powiedziałabym raczej, że to nioska – roześmiała się Karolina.

– Nigdy nie wyrażam się aż tak źle o kobietach! – zaprotestował Leszek.

Mikulę zarezerwowała dla siebie Karolina. Miała pewne doświadczenie w postępowaniu ze starym capem, jak uparcie tytułowała dyrektora. Pozostawał jeszcze człowiek o nazwisku Bujała. Najgorsze, że dla nich pozostawał wyłącznie nazwiskiem, do którego nie potrafili doklejć żadnego faceta – ani młodego, ani starego. Z całą pewnością był prezesem firmy ubezpieczeniowej Spokój. A prywatnie? Podobno dom, podobno jacht. Ze skąpych informacji Leszka wynikało, że Bujała był personą znaną nie tylko w poważnym biznesie. W mieście mówiło się o jego powiązaniach z półświatkiem i miejscową mafią. Fortunę zrobił na handlu alkoholem i być może czymś jeszcze, wykorzystał sprzyjający moment, wszedł w spółkę z kapitałem zagranicznym i otworzył legalną firmę ubezpieczeniową. Na oko i w opinii wielu osób firma działała sprawnie.

– Do Bujały musi dotrzeć nasza mała! – stwierdziła Karolina.

– Ona? – spytał Leszek. Był nie mniej zdziwiony niż Julia.

– A kto? Ty? Mam przeczucie, że to powinna być kobieta.

– Dlaczego akurat kobieta? A może on już jedną ma! A może woli